MÁS ALLÁ DE LA RAZÓN

Caitlin Crews

Editado por Harlequin Ibérica.
Una división de HarperCollins Ibérica, S.A.
Núñez de Balboa, 56
28001 Madrid

© 2018 Caitlin Crews
© 2019 Harlequin Ibérica, una división de HarperCollins Ibérica, S.A.
Más allá de la razón, n.º 2709 - 26.6.19
Título original: My Bought Virgin Wife
Publicada originalmente por Harlequin Enterprises, Ltd.

I.S.B.N.: 978-84-1307-743-7
Depósito legal: M-13471-2019
Impresión en CPI (Barcelona)
Fecha impresion para Argentina: 23.12.19
Distribuidor exclusivo para España: LOGISTA
Distribuidor para México: Distibuidora Intermex, S.A. de C.V.
Distribuidores para Argentina: Interior, DGP, S.A. Alvarado 2118.
Cap. Fed./Buenos Aires y Gran Buenos Aires, VACCARO HNOS.

Capítulo 1

Imogen

Al día siguiente por la mañana iba a casarme con un monstruo.

No importaba lo que quisiera yo. Y, ciertamente, tampoco importaba lo que sintiera. Era la hija menor de Dermot Fitzalan, y por tanto estaba obligada a someterme a la voluntad de mi padre, tal como se había hecho siempre en mi familia. Siempre había sido consciente de mi destino.

Pero resultó que me estaba mostrando bastante menos resignada a ese destino de lo que había esperado cuando era más joven y bastante más estúpida. Cuando mi boda no se cernía todavía sobre mí como una amenaza, reclamándome como si fuera una especie de inevitable virus.

—No puedes dejar que nuestro padre te vea en ese estado, Imogen —me dijo con energía mi hermanastra, Celeste, cuando entró en mi habitación—. Así solo conseguirás empeorar las cosas.

Sabía que tenía razón. La triste verdad era que Celeste solía tener razón en todo. La sofisticada y elegante Celeste, que se había resignado a sus obligaciones con una sonrisa en los labios y la apariencia de una serena alegría. La despampanante, universalmente adorada Celeste, que había heredado la rubia fisonomía de su difunta madre y con la que me habían comparado siempre, con clara desventaja para mí. Mi propia madre, difunta también, había sido un bombón de cabello rojo fuego, tez blanquísima y ojos de un misterioso color esmeralda, pero yo solamente me parecía a ella a la manera de una imagen reflejada en un espejo roto y velado por la niebla. Al lado de mi hermanastra, yo siempre me había sentido como el patito feo de los Fitzalan, alguien poco proclive a llevar la suntuosa vida social para la que había nacido y había sido educada. La vida que Celeste llevaba con tanto gusto y elegancia.

Incluso aquel día, víspera de mi boda, cuando teóricamente habría debido ser yo el objeto de todas las miradas, Celeste lucía un aspecto tan imponente como sofisticado. Se había recogido la melena rubia clara en un moño flojo y se había maquillado lo justo para resaltar sus ojos y sus altos pómulos. Mientras que yo todavía estaba en pijama pese a que era mediodía, y sabía, sin tener que mirarme en un espejo, que mis rizos estarían tan enredados como siempre. Todas estas cosas eran efectivamente un mal augurio, porque, además, el monstruo la había deseado a ella en primer lugar.

Y muy probablemente todavía la seguía deseando, según cuchicheaba todo el mundo. Incluso me lo habían cuchicheado a mí, lo cual me había sorprendido y dolido a la vez, porque era bien consciente de la situación. A mí no me había elegido nadie: era simplemente la heredera Fitzalan. Mi herencia me convertía en un atractivo partido, al margen de lo indomables que fueran mis rizos o de las muchas ocasiones en que había decepcionado a mi padre con mi incapacidad de adornar una habitación con mi presencia. Era más probable que acabara llamando la atención para mal, que para bien.

Tenía una risa demasiado estruendosa y siempre inoportuna. Siempre llevaba algo torcida la ropa, siempre con algún pequeño defecto. Prefería leer antes que asistir a los meticulosamente preparados eventos sociales en los que se esperaba cumpliera con mis deberes como anfitriona. Por tanto, era una suerte que mi matrimonio fuera de conveniencia. Conveniencia de mi padre, que no mía. Jamás había tenido la menor fantasía al respecto.

–Los cuentos de hadas son para las demás familias –nos había dicho siempre nuestra severa abuela, golpeando con fuerza la contera de su bastón contra los duros suelos de su inmensa casa de la campiña francesa que, según se contaba, había pertenecido a nuestra familia desde el siglo XII–. Los Fitzalan tienen propósitos más altos.

De niña, yo me había imaginado a Celeste y a mí ataviadas con armaduras, cabalgando en pos de gloriosas batallas bajo antiguos estandartes, y matando algún que otro dragón antes de que llegara la hora de nuestra cena. Ese me había parecido el más alto propósito al que había estado destinada nuestra familia. Las austeras monjas austriacas que nos cuidaban habían necesitado años para convencernos de que no era esa la principal ocupación de las niñas de sangre azul que eran enviadas a remotos conventos para recibir la educación exigida. Niñas especiales con impecables pedigríes y padres ambiciosos tenían un papel muy diferente que cumplir. Niñas como yo, a las que nunca nadie había pedido su opinión sobre lo que les habría gustado hacer con sus vidas, porque todo había sido calculado previamente sin su concurso.

–Tienes que encontrar paz y sentido en el deber, Imogen –me había dicho más de una vez la madre superiora, cuando me sorprendía toda furiosa con los ojos llorosos, rezando entre dientes un rosario para redimir mis pecados–. Debes ahuyentar todas esas dudas que tienes y confiar en tu destino.

–Los Fitzalan tienen un alto propósito en la vida –me decía siempre la *grandmère*, la abuela francesa.

Un alto propósito que, según fui aprendiendo con el tiempo, no era otro que el dinero. Los Fitzalan atesoraban continuamente dinero: aquello era lo que había distinguido a nuestra familia durante siglos. Los Fitzalan nunca habían sido reyes ni cortesanos. Financiaban los reinos que les gustaban y hundían los que no eran merecedores de su estima, todo ello al servicio del incremento de sus riquezas. Aquel era el grande y glorioso propósito que corría por nuestra sangre.

–Yo no estoy «en ese estado» –repliqué en aquel momento a Celeste, pero no me levanté ni hice intento alguno por explicarle cómo me encontraba realmente.

Y ella tampoco se molestó en responderme. Yo me había atrincherado en el salón contiguo a mi dormitorio de la infancia, para rumiar mejor mis pensamientos y distraerme fantaseando con el atractivo Frederick, que trabajaba en las cuadras de mi padre y poseía unos preciosos ojos azules de soñadora mirada.

Habíamos hablado una sola vez, años atrás. Tomando mi caballo de la brida, me había guiado hasta el patio como si yo hubiera requerido su ayuda. La sonrisa que me lanzó había alimentado mis fantasías durante años.

Se me antojaba insoportable la perspectiva de seguir bajando la mirada durante muchos más años… solo que en la compañía de un hombre, un marido, que era tan odiado como temido por toda Europa. Ese día, sentía la mansión de los Fitzalan talmente como lo que era: una cárcel. Si era sincera, tenía que reconocer que jamás había constituido un hogar.

Mi madre había muerto cuando yo aún no había cumplido los ocho años, y en mis recuerdos siempre estaba llorando. Yo había quedado a cargo de la dulce generosidad de la *grandmère*, y luego, cuando esta murió, de mi padre, al que siempre había decepcionado. Mi padre que, a esas alturas, era el único pariente vivo que me quedaba. Salvo Celeste, diez años mayor que yo. Y mejor que yo en todo.

Habiendo perdido a mi madre, yo me había aferrado a lo poco que había quedado de mi familia. Eran lo único que me quedaba.

–Debes tener a tu hermana como guía –me había dicho la *grandmère* en más de una ocasión. Generalmente al sorprenderme corriendo por los pasillos de la antigua mansión, toda desarreglada, cuando habría debido permanecer decorosamente sentada en alguna parte, con la cabeza inclinada en dulce actitud de sumisión.

Lo había intentado. De verdad que sí. Siempre había tenido delante de mí a Celeste, con aquella elegante mansedumbre que siempre había envidiado en ella y que nunca había conseguido imitar. Celeste lo hacía todo con gracia y sutileza. Se había casado el día en que cumplió los veinte años con un hombre cercano a la edad de nuestro padre: un conde que afirmaba descender de sangre real, de la más gloriosa prosapia europea. Un hombre al que jamás había visto sonreír.

Y, con los años, Celeste había regalado a su aristocrático marido dos hijos y una hija. Porque mientras que yo había sido educada para cumplir con mis obligaciones, consciente siempre de lo que se esperaba de mí, pese a mis fantasías privadas con los azules ojos de Frederick, Celeste había florecido radiante en su papel de condesa.

Y ahora allí estaba yo, víspera del día en que iba a cumplir los veintidós años, día elegido no por casualidad para mi boda con el hombre que había escogido mi padre para mí y al que ni siquiera conocía. Mi padre había considerado innecesario aquel encuentro previo y nadie le llevaba la contraria a Dermot Fitzalan.

«Feliz cumpleaños», me dije, deprimida. Celebraría mi aniversario con una forzada marcha hacia el altar del brazo de un hombre cuya sola mención hacía encogerse de horror a los criados de nuestra mansión. Un hombre de quien se decía que había cometido todo tipo de cosas horribles. Un hombre al que todo el mundo tenía por un diablo encarnado. Un hombre que ni siquiera era de estirpe noble, que era lo que habría sido de esperar en mi futuro marido.

Por contraste, el marido de Celeste, el adusto conde, tenía un título tan antiguo como su edad, pero con pocas propiedades para respaldarlo. Y poco dinero atesorado después de siglos de aristocrático esplendor, según se rumoreaba. Aquella era la razón, conforme supe después, por la que mi padre me había escogido un marido que pudiera compensar su falta de pedigrí con sus impresionantes riquezas. Riquezas que servirían para aumentar el poder financiero de los Fitzalan.

La sofisticada Celeste, siempre tan dulce y frágil, se había casado con un conde que combinaba bien con su aristocrático linaje. Lo mío fue más difícil. A mí podían venderme a un plebeyo cuyas arcas parecían crecer de año en año. De esa manera mi padre habría podido echar mano a su pastel y devorarlo a capricho. Yo sabía todo eso. Lo que no significaba que me gustara.

Bajo el ventanal de mi dormitorio, Celeste se instaló en el otro extremo del canapé donde yo me había refugiado aquella gris mañana de enero, como esperando poder ganar tiempo con mi hosco silencio y escapar así a mi propio destino.

—Solo conseguirás ponerte enferma —me dijo con

tono pragmático. O, al menos, así fue como interpreté la mirada que me lanzó en ese momento, por debajo de la aristocrática nariz que compartía con nuestro padre–. Y, de todas formas, eso no cambiará nada. Es un esfuerzo vano.

–Yo no deseo casarme con él, Celeste.

Celeste soltó entonces aquella cantarina carcajada que a mí generalmente me sonaba como música celestial. Ese día, sin embargo, me desgarró por dentro.

–¿Ah, no? –se rio de nuevo, y yo creí haber detectado una especial dureza en su mirada cuando dejó de reírse–. Pero, por favor, ¿quién te dijo que tus deseos importan algo?

–Tendría que haberme consultado, al menos.

–Los Fitzalan no son una familia moderna, Imogen –declaró Celeste con un punto de impaciencia, tal como habría podido hacer nuestro padre–. Si lo que quieres es progreso y autodeterminación, me temo que has nacido en la familia equivocada.

–Esa no fue en absoluto mi elección.

–Imogen, todo esto es tan infantil… Tú siempre has sabido que llegaría este día. No puedes haberte imaginado que, de alguna manera, podrías escapar a lo que se espera de todo Fitzalan desde su nacimiento.

En la manera en que pronunció el pronombre «tú», se adivinaba el mayor de los desprecios. Y en la manera en que pronunció el verbo «escapar», el mayor de los asombros, como si esa fuera una perspectiva absolutamente fantasiosa.

Lo cual sugería que su propio «florecimiento» no había sido ni tan espontáneo ni tan gozoso como yo me había imaginado. No sabía muy bien cómo procesar aquella posibilidad.

Me estremecí en aquellos sombríos aposentos construidos siglos atrás para impresionar a los invasores normandos, que no para proporcionar siquiera un mínimo de comodidad a sus descendientes. Me quedé mirando fijamente por la ventana al engañosamente sereno paisaje de la campiña que se extendía ante mí. Los jardines cuidadosamente mantenidos, con sus setos perfectamente podados. Fingí no saber que la parte delantera de la mansión estaría decididamente menos tranquila ese día, con toda la familia e invitados reunidos para felicitarme por mi boda. Celeste y su familia de Viena, nuestros consumidos tíos abuelos de París, los impertinentes primos de Alemania. Los astutos y bien alimentados socios de mi padre y los rivales de todo el mundo. Por no hablar del aterrador novio. El monstruo con quien se esperaba que me casara al día siguiente por la mañana.

–¿Cómo es? –pregunté con voz quebrada.

Celeste se quedó durante tanto tiempo callada que tuve que desviar la mirada de la ventana para estudiar su expresión.

Ignoraba lo que esperaba ver. Pero desde luego no fue lo que vi: aquella sonrisa como la de un gato relamiéndose de placer ante un plato de leche.

–¿Seguro que quieres saberlo? –me preguntó a su vez Celeste, sonriendo como satisfecha consigo misma, lo que me provocó un estremecimiento–. No sé si te reportará algún beneficio conocer por adelantado al hombre con quien deberás compartir el resto de tu vida.

–Tú no te casaste con un monstruo –le reproché. Aunque cuando pensaba en el conde y en aquella inveterada expresión suya de repugnancia hacia todo, no podía evitar preguntarme si el término «monstruo» no sería aplicable también a él.

La sonrisa de Celeste, si acaso eso era posible, se tornó aún más engreída y satisfecha, lo que me provocó un nuevo escalofrío.

–Ese hombre no se parece en nada a ninguno que hayas conocido, Imogen. Es imposible prepararse para el impacto que supone conocerlo, te lo aseguro.

–No entiendo lo que quieres decir.

De nuevo, Celeste emitió aquella risa cantarina.

–Debo recordarme que eres demasiado joven. Has llevado una vida demasiado protegida. Y te has mantenido intacta, en el pleno sentido de la palabra.

La manera en que me miró hizo que el corazón empezara a martillearme en el pecho. Porque, si había de hacer caso a su taimada y levemente compasiva expresión, mi hermanastra no era en absoluto la mujer que yo siempre había pensado que era.

Lo cierto era que no sabía qué pensar de todo aquello, pero lo dejé pasar, mientras intentaba recuperar el aliento. Ya lo averiguaría en algún momento de mi oscuro futuro, cuando estuviera casada y establecida y, de alguna forma, hubiera logrado sobrevivir al monstruo que ya estaba en aquella casa, esperándome.

–Lo siento por ti –murmuró Celeste al cabo de un momento, pese a que su tono parecía desmentir aquellas palabras–. De verdad, no es justo. ¿Cómo puede esperarse de una chiquilla tan ingenua como tú que se arregle con un hombre como Javier Dos Santos?

Hasta la mención de su nombre me llenó de terror. Me dije a mí misma que tenía que ser terror, aquella sensación ardiente que me golpeó en el pecho, para luego descender en espiral hasta alojarse en mi vientre. Lo cual era una muestra de lo mucho que lo aborrecía y temía a la vez.

–Pensaba que lo odiabas –le recordé a mi hermana–. Después de lo que te hizo…

Recordé los gritos. La grave voz de mi padre resonando por toda la casa. Recordé los sollozos de Celeste. Hasta ese momento, aquella había sido la única vez en que mi hermana no ofreció su habitual imagen de perfección… y yo había culpado entonces al hombre al que había considerado responsable de semejante trastorno.

Recordé también la única y fugaz visión que había tenido del propio Javier Dos Santos. Tras otra ronda de gritos y sollozos y de la clase de disputa en la que, según la educación que había recibido, nunca debían caer los Fitzalan, pegué la nariz al cristal de la puerta principal, escondida tras las cortinas. Fue entonces cuando vislumbré al monstruo que había amenazado con destrozar a mi familia.

Habían pasado años desde entonces, pero mis recuerdos de aquel incidente continuaban tan vívidos como si hubiera ocurrido el día anterior. Su pelo negro y brillante, de un negro que casi parecía azul. Un rostro cruel y duro, de rasgos tan ásperos que quitaban el aliento. Puro músculo, un hombre duro y peligroso, lo más opuesto posible a los delicados caballeros a los que yo estaba acostumbrada.

Aquel hombre no había tenido derecho alguno a mi preciosa hermana. Eso era lo que había pensado en aquel entonces. Un sentimiento que mi padre le había hecho explícito en términos inequívocos. Celeste había estado reservada para mejores candidatos. Pero tal parecía que Javier Dos Santos sí que era lo suficientemente bueno para mí

–Por supuesto que no le odio –repuso mi hermana, con otra carcajada que parecía sugerir que me tenía por la chiquilla más ingenua del mundo–. ¿De dónde has sacado una idea semejante?

–De ti. Recuerdo que dijiste a gritos que lo odiabas, que lo odiarías para siempre, que nunca te rebajarías a…

–Mira, esto es lo que puedo decirte sobre Javier –me

interrumpió Celeste, pronunciando curiosamente su nombre como si fuera un apetitoso bocado–. Él no es como los demás hombres. Olvídate de cualquier prejuicio que puedas tener sobre él.

–El único hombre que conozco es nuestro padre. Aparte de un puñado de curas. Y tu marido.

No había querido expresarlo así. Había dicho «tu marido» como si estuviera emitiendo un juicio, una sentencia negativa. Pero Celeste se recostó en el canapé, perfectamente relajada.

–Javier es un hombre muy viril. De una virilidad casi animal, incluso. Tomará lo que quiera y, peor aún, tú misma te rebajarás de buen gusto a dárselo.

Yo fruncí el ceño.

–No tengo ninguna intención de rebajarme. Y mucho menos de buen gusto.

Celeste hizo un gesto despreciativo con la mano.

–Lo harás. Él te humillará, te insultará, probablemente hasta te hará llorar. Y tú todavía le darás las gracias.

El corazón me latía tan rápido que me sentía mareada. Tenía la garganta seca y la lengua como si fuera de trapo. La sensación de terror me pulsaba en las venas, cada vez más ardiente y más salvaje.

–¿Por qué me estás diciendo todas estas cosas? La víspera de mi boda, además.

Si Celeste se sintió avergonzada, no lo demostró. En absoluto.

–Simplemente estoy intentando prepararte, Imogen.

–Ya sé que es un monstruo. Lo que no sé es por qué piensas que hablar de insultos y de humillaciones mejorará la situación.

–Tendrás que controlar esa lengua tuya, por supuesto –me dijo Celeste casi con tristeza–. Él no lo tolerará. Como tampoco tolerará esa manera que tienes de correr de un sitio a otro con afán, como si fueras una de esas mujeres que se pasan todo el día corriendo en una cinta, sudorosas y coloradas.

Porque ella, en cambio, era por naturaleza fina y delgada, y hermosa, por supuesto. Suponía que cualquiera que tuviera que esforzarse por alcanzar la perfección no se la merecía. De alguna manera nunca se me había pasado por la cabeza que esa descripción fuera aplicable a mí, también.

–Eres muy afortunada, entonces, de haberte librado de esa responsabilidad –repuse con tono suave–. De que yo esté aquí para arrostrar esa carga por ti. Por nuestra familia.

Nunca antes le había visto aquella expresión. Su rostro enrojeció de furia. Alzó la barbilla. Le brillaban los ojos.

–Indudablemente que soy una mujer muy afortunada.

Me puse a juguetear con el dobladillo de la chaqueta de mi pijama. Traicionando mi angustia, evidentemente. Pero a pesar de lo extraño del comportamiento de Celeste, seguía siendo mi hermana. Fue por eso por lo que me atreví a preguntarle la única cosa que más me había preocupado desde que mi padre me comunicó mi compromiso en la cena de Navidad.

–¿Crees que…? –me aclaré la garganta–. ¿Me hará daño?

Durante un buen rato, Celeste no dijo nada. Cuando lo hizo, tenía una mirada de dureza, con los labios apretados. No parecía ya en absoluto relajada.

–Sobrevivirás a ello –me dijo al fin–. Siempre sobrevivirás a ello, Imogen, para bien o para mal, y es a eso a lo que tendrás que agarrarte. Mi consejo es que te quedes embarazada lo antes posible. Los hombres como él quieren herederos. Al final, eso es lo único que quieren. Cuanto antes cumplas con tu deber, antes te dejará en paz.

Mucho después de que Celeste abandonara mi habitación, yo seguía paralizada en el sitio, consternada e incapaz de respirar. Algo me constreñía el pecho y seguía teniendo aquella sensación de terror alojada en mis entrañas. No podía dejar de pensar que acababa de ver a mi hermanastra tal como era... por primera vez en mi vida. Lo cual me producía un inmenso dolor.

Pero también experimentaba una especie de desasosiego que no lograba comprender. Fue eso lo que me impulsó a levantarme. Me sequé los ojos con las manos y me dirigí hacia la puerta... para detenerme justo a tiempo cuando me imaginé, demasiado vívidamente, la cara que pondría mi padre cuando me encontrara vagabundeando despeinada y en pijama por la casa, precisamente cuando estaba llena de importantes invitados de boda.

Me vestí rápidamente, poniéndome el vestido que las doncellas me habían dejado preparado, como animándome silenciosamente a que me ataviara al modo que le gustaba a mi padre. Algo que no era por cierto de mi gusto, ya que yo no habría elegido un vestido en aquella época tan fría del año, pese a que aquel fuera de lana y de manga larga. Complementaron el vestido unas botas de cuero fino altas hasta las rodillas. Nada más calzármelas, me volví hacia el espejo.

No, evidentemente no me había convertido en el epítome de la elegancia tras mi vigilia en el canapé de mi dormitorio. Los rizos de mi pelo siempre parecían enredados, indómitos. La elegancia remitía a la finura, a la delicadeza, pero mi cabello se resistía a cualquier intento de domeñarlo. Las monjas habían hecho todo lo posible, pero incluso ellas habían sido incapaces de combatir su natural tendencia a buscar su propia forma.

Me lo peiné con los dedos lo mejor que pude, resignada. Mi pelo era como la condena de mi existencia. De la misma forma que yo era la de mi padre.

Solo cuando pude reconocer con toda sinceridad que me había esforzado al máximo por adecentarme un poco, mínimamente al menos, me decidí a abandonar la habitación. Me dirigí al ala familiar y subí luego por la escalera de servicio, la reservada a los criados. Sabía que mi padre no aprobaría que su hija se moviera por la casa como si fuera una de ellos, pero no podía imaginarse hasta qué punto me había familiarizado yo con los pasadizos secretos de aquel montón de piedras. El hecho de conocerlos tan bien hacía mucho más soportable mi vida allí.

Era lo que me permitía escabullirme y guardar las distancias cuando se preparaba alguna bronca. O volver sin ser vista de mis largos paseos por la campiña, toda desarreglada y llena de barro, para refugiarme en mis aposentos antes de que alguien me sorprendiera y yo tuviera que aguantar el sermón acostumbrado: las habituales exclamaciones de indignación, escándalo y amenazas de recortarme el tiempo dedicado al ejercicio físico hasta que aprendiera a comportarme como una verdadera dama.

Cuidadosamente me interné en el ala de los invitados, evitando las habitaciones que sabía habían sido dispuestas para los diferentes miembros de la familia y los amigos de mi padre. Sabía que solo había un lugar posible donde mi padre se hubiera atrevido a instalar a un personaje tan rico y poderoso como Javier Dos Santos. El único lugar adecuado para un novio con una reputación financiera tan formidable.

Diez años atrás mi padre podía haberlo echado de su casa, sí, pero en aquel momento lo había recibido con tanta cordialidad que hasta le había entregado la mano de su hija. En las circunstancias actuales, por tanto, Dermot Fitzalan no habría ahorrado lujo alguno.

Me encaminé pues hacia una de las últimas adiciones de la antigua mansión, un pabellón de dos plantas conectado con el ala de invitados donde mi abuela había pasado sus últimos días. Era en sí un edificio independiente, con sus habitaciones y su entrada propia, pero yo sabía que podía acceder por el primer piso y colarme en su galería privada.

No me pregunté a mí misma por qué estaba haciendo aquello. Solo sabía que estaba atada al dolor que sentía por mi hermana y que el terror que experimentaba en mi interior me espoleaba a hacerlo. Me deslicé en la galería por la puerta de servicio disimulada detrás de unos cortinajes. Pegada a la pared, agucé el oído para esforzarme por detectar algún signo de vida. Fue entonces cuando oí la voz.

Su voz. Autoritaria. Grave. Intensa como un sabor a chocolate negro y a un vino fuerte, todo fundido en uno. «Hermosa», me susurró mi voz interior.

Me quedé horrorizada de mí misma. Pero no retrocedí. Javier Dos Santos estaba hablando rápidamente en un español de sonoridad líquida y animada, en el piso bajo. Me fui apartando lentamente de la pared de la galería para poder asomarme y echar un vistazo al balcón del piso inferior, que comunicaba con el salón.

De repente, por un momento, recuerdo y realidad parecieron enredarse. Una vez más, estaba acechando a Javier Dos Santos a escondidas. Una vez más, me quedé impresionada por su físico. Años atrás lo había visto vestido de frac, con una ropa formal que acentuaba sus anchos hombros y su torso granítico. Ese día, en cambio, lucía una camisa desabrochada encajada bajo un pantalón que resaltaba sus poderosos muslos. Me vi incapaz de apartar la mirada.

Una vez más, mi corazón empezó a latir tan rápido que hasta pensé que podía estar enferma. Pero no lo estaba. Sabía bien que no. Vi que se pasaba una mano por su oscuro pelo, tan negro y brillante como recordaba, como si los años no le hubiesen afectado. Escuchaba con el móvil pegado a la oreja, la cabeza ladeada, hasta que soltó otra parrafada de lírico español que me dejó sin aliento. Como si sus palabras me atravesaran, o se infiltraran más bien dentro de mi ser.

Con mi español básico podía entender el sentido de sus palabras, que no todos sus matices. Asuntos de negocios en Gales. Algo sobre los Estados Unidos. Y un feroz debate sobre Japón. Terminó bruscamente la conversación y arrojó el móvil sobre la mesa que tenía al lado. El aparato rebotó en su dura superficie, haciéndome demasiado consciente del silencio que siguió a aquel ruido.

Javier Dos Santos permaneció donde estaba por un instante, fija su atención en los papeles que tenía delante, o quizá en su tablet. Cuando levantó la cabeza, lo hizo rápidamente. Sus ojos oscuros tenían una mirada firme y fiera, que me dejó clavada en el sitio. Comprendí de pronto, vulnerable y temerosa, que durante todo el tiempo había sido consciente de mi presencia.

–Hola, Imogen –me saludó en un inglés de leve acento, que hizo que mi nombre sonara como una especie de hechizo. O de terrible maldición–. ¿Piensas hacer algo más aparte de quedarte ahí mirándome?

Capítulo 2

Javier

Yo era un hombre construido a fuerza de mentiras.

Mi descreído padre. Mi débil y dependiente madre. Las mentiras que habían dicho: a sí mismos, al mundo, a mí y a mis hermanas, me habían convertido en el hombre que ahora era, para bien o para mal. En la vida que me había construido yo, sin embargo, no había espacio alguno para mentiras como aquellas. No toleraba ya las mentiras. Ni a mis empleados, ni a mis socios. Ni a mis hermanas, ya adultas y en deuda conmigo. Ni a nadie que pisase esta tierra. Y, ciertamente, tampoco a mí mismo.

Así que no era posible disimular el hecho de que mi primer conocimiento de mi futura esposa, la poco agraciada hermana Fitzalan, tal como era conocida... no me impresionó de la manera que yo había esperado.

Había esperado otra cosa. Ella no era Celeste, pero al fin y al cabo era una Fitzalan. Era su pedigrí lo que importaba, eso y la dulce y largamente esperada venganza que me estaba tomando con su padre, al obligarle a que me entregara aquello que ya me había negado una vez.

Nunca había aceptado bien los rechazos, las negativas. Diez años atrás ese rechazo no me había doblegado, como sospechaba que había previsto Fitzalan. Al contrario, había reforzado mi decisión de crecer, de alcanzar más éxitos, para asegurarme absolutamente de que la próxima vez que aspirara a casarme con una Fitzalan, su arrogante y engreído padre no osara negármela. Había esperado que mi regreso a aquel frío y lúgubre mausoleo del norte de Francia fuera una victoria. Porque lo era.

Lo que no había esperado era la punzada de deseo que me había atravesado a la vista de aquella mujer.

Aquello no tenía sentido. Yo me había criado en los bajos fondos de Madrid, pero siempre había aspirado a algo mejor. Siempre. Y mientras me esforzaba por sobreponerme a las circunstancias de mi nacimiento, había codiciado sin cesar la elegancia, la distinción, y me había dedicado a coleccionarla.

Por eso había tenido sentido para mí codiciar a Celestre. Ella era la encarnación de la distinción, elegante desde los pies a la cabeza, como una perfecta estatua de hielo.

Había tenido sentido que la hubiera deseado para adornar mi colección. Pero la joven que tenía delante, que había tenido la osadía de acechar a escondidas a un hombre que se había criado en un pozo lleno de serpientes y chacales, era… rebelde. Indómita.

Tenía unos rebeldes rizos de color rojo fuego y la nariz salpicada de pecas. Y, pese a que la distancia no me permitía distinguirlo bien, sabía que no se había molestado en aplicarse el menor maquillaje. Lo que significaba que aquellas largas y rizadas pestañas y el color rojo fresa de sus labios carnosos eran deliciosamente naturales. Iba libre de adorno alguno. Lucía un vestido azul marino impecable, de líneas clásicas que resaltaban su bonita figura sin revelar demasiado, y botas de cuero fino altas hasta las rodillas.

Yo habría podido pasar por alto el pelo e incluso la falta de maquillaje, detalles que sugerían que no se había preparado para su primer encuentro conmigo de la manera en que lo habría hecho una mujer decidida a convertirse en una esposa perfecta. Pero era la mirada hosca y ceñuda que me estaba lanzando lo que sugería que se parecía todavía menos a su hermana de lo que me había imaginado.

Celeste jamás se había inmutado ante nada. Ni siquiera cuando vio negado aquello que tan elocuentemente había deseado. Oh, sí, le había montado a su padre una escena cuidadosamente preparada, pero en su mirada yo no había visto otra cosa que frialdad y cálculo. Durante aquella escena, ni siquiera se le había corrido el maquillaje. En ningún momento había perdido aquella perfección tan característica suya. El hecho de que aquello aún tuviera la capacidad de exasperarme lo convertía en una debilidad. Ahuyenté ese pensamiento.

—Seguro que no es esa la expresión que te gustaría proyectar ante tu futuro marido —le dije con tono suave—. Precisamente en la ocasión de nuestro primer encuentro.

La había oído acercarse al extraño balcón del piso superior que, según me había dicho el mayordomo, era una galería de cuadros. «No muy buena», había pensado yo lanzando una desdeñosa mirada a las obras de arte allí expuestas. Todo antiguos maestros de la pintura y aburridas obras sacras. Nada atrevido. Nada nuevo.

Hasta que apareció ella.

—Quiero saber por qué quieres casarte conmigo —me espetó beligerante, bordeando la grosería. Una sola mirada me confirmó que tenía apretados los puños a los costados.

—¿Perdón? —arqueé las cejas.

Ella frunció aún más el ceño.

—Quiero saber por qué quieres casarte conmigo,

cuando, si es verdad que eres la mitad de rico y poderoso de lo que se dice, podrías casarte con cualquiera.

Yo hundí las manos en los bolsillos mientras me la quedaba mirando pensativo. Debería haberme sentido ofendido. Me esforcé incluso un poco por estarlo.

Pero lo cierto era que había algo en ella que me impulsó a sonreír. Y yo no era hombre que sonriera fácilmente. Me dije a mí mismo que era el hecho de que ella se hubiera acercado a verme, cuando nuestra boda no tendría lugar hasta la mañana siguiente. El hecho de que pareciera imaginar que podía interponerse entre su dominante y esnob padre y yo, cuando todo giraba sobre asuntos que no la concernían a ella en nada. Las hijas de los hombres como Fitzalan hacían simplemente lo que les ordenaban, más tarde o más temprano.

Y, sin embargo, allí estaba ella.

Era la futilidad de aquella actitud, pensé yo. Mi quijotesca novia con su melena rebelde cargando contra molinos de viento, toda enfadada. Sentí una extraña opresión en el pecho.

—Responderé a cualquier pregunta que tengas —le aseguré, magnánimo, esforzándome todo lo posible por dominar mi carácter—. Pero cara a cara.

—Te estoy mirando cara a cara.

Yo me limité a alzar una mano, consciente de que había pasado mucho tiempo desde la última vez que había estado en presencia de alguien tan imprevisible. Vi que abría los puños, para enseguida volver a cerrarlos. Vi también la manera en que se movía su pecho, señal de que le estaba costando mantener la respiración.

Aprendí mucho sobre mi futura novia durante aquellos segundos, cuando todo lo que hacía ella era mirarme fijamente. Aprendí, por ejemplo, que era una mujer voluntariosa. Desafiante. Pero, en última instancia, flexible. Porque finalmente bajó por la escalera de caracol que terminaba en la planta en la que me encontraba. Aunque quizá no tan flexible como curiosa, me corregí mientras la veía acercarse, con los brazos cruzados sobre el pecho a modo de armadura.

Dediqué unos segundos más a observarla con detenimiento, aquella novia que había codiciado a conciencia. Aquella muchacha que representaba mi venganza y mi recompensa a la vez. «No me defraudará», me dije, satisfecho conmigo mismo.

—Supongo —empecé con el tono distante que utilizaba para reprender a mis subordinados— que no puedes hacer nada con ese pelo.

Imogen me fulminó con la mirada. Sus ojos tenían un curioso tono castaño que recordaba el de las antiguas monedas de cobre cuando estaba enfadada, que era el caso en aquel momento. Lo cual me hizo preguntarme cómo serían cuando estuviera encendida y loca de pasión.

Sentí otra vez la punzada de deseo. Más intensa esa vez.

—Es un poco como nacer sin un título, me imagino —replicó ella.

Tardé un instante en procesar aquello. En entender que aquella rebelde y desaliñada joven me había hundido un antiguo puñal en la carne, para dedicarse luego a girarlo sobre mi herida.

No podía recordar la última vez que había sucedido algo así. Ni imaginarme a la última persona que había osado hacerlo.

—¿Te molesta que te hayas visto rebajada a casarte con un hombre de tan baja estofa como yo? —le pregunté con tono meloso, velado de amenazas—. ¿Con un hombre que es poco más que un chucho callejero mientras que tú eres de sangre azul?

No pude evitar advertir que su piel era tan blanca

como la leche, lo cual excitó aún más mi deseo. Cuando le brillaban los ojos, parecían de cobre puro.

–¿Te molesta que yo no sea como mi hermana? –me preguntó a su vez.

No había esperado aquello. Casi sin darme cuenta, cuadré los hombros como si me estuviera preparando para un combate cuerpo a cuerpo. Suponía que así era.

–Creo que nadie podría confundiros –murmuré, pero en aquel momento la estaba mirando de manera completamente diferente. La estaba mirando mucho menos como un peón de ajedrez y mucho más como un oponente. Primero una puñalada, y ahora un puñetazo.

Hasta el momento, Imogen Fitzalan se estaba revelando como una mujer mucho más interesante de lo que me había imaginado. Y no sabía muy bien cómo tomármelo.

–Por lo que yo sé –repuso ella fríamente–, tú eres el único que nos ha confundido.

–Pues yo te aseguro que no.

–Quizá yo crea que sí. Supongo que pedir mi mano requiere documentarse mínimamente, al menos tanto como cuando conciertas una cita en Internet. ¿No has visto ninguna foto mía? ¿No te diste cuenta de que mi hermana y yo compartimos solo la mitad de nuestra sangre? En realidad somos hermanastras.

–La verdad es que tu aspecto no me ha preocupado demasiado –repliqué, esperando desconcertarla.

Pero, en lugar de sentirse sorprendida, aquella extraña criatura se echó a reír.

–¿Un hombre como tú despreocupado del aspecto de su futura esposa? Un rasgo impropio de tu carácter.

–No sé qué es lo que puedes saber tú de mi carácter.

–He sacado algunas conclusiones sobre tu carácter a juzgar por las fotografías en las que sueles aparecer retratado –enarcó una ceja–. Eres un hombre que prefiere la compañía de un tipo de mujeres con una figura muy particular.

—Más que su figura, lo que me interesa es si los demás hombres las codician o no —aquello no era más que la verdad, y sin embargo algo en aquellas palabras se me antojaba... inmoral. Como si debiera avergonzarme de pronunciarlas en voz alta cuando lo había hecho tantas veces antes.

—Te gustan los trofeos —dijo ella.

Asentí con la cabeza.

—Soy un coleccionista, Imogen. Me gustan solo las cosas más finas y distinguidas.

Ella esbozó una falsa sonrisa.

—Pues entonces debo de haberte decepcionado.

Lo dijo como si la perspectiva la agradara. Yo me acerqué entonces a ella, disfrutando con la manera que tuvo de erguirse rápidamente en lugar de retroceder. Podía distinguir el latido de su pulso en la base de su cuello. O la manera en que se dilataron sus ojos color cobre. Alcé una mano para acariciar uno de sus rizos de color rojo fuego, medio esperando un tacto áspero, tanto como ella.

Pero aquel rizo pareció deshacerse en mis dedos como seda líquida, resbalando por mi piel como una caricia. Sentí de pronto un abrasador fuego en mi interior. Si hubiera sido un hombre proclive al autoengaño, me habría dicho que no era eso en absoluto lo que sentía. Pero había construido mi vida y mi fortuna sobre una sinceridad brutal. Para conmigo mismo y para con los demás, fuera cual fuera el precio a pagar. Sabía que deseaba a aquella mujer.

Ella alzó una mano como para apartar la mía, pero en el último momento pareció pensárselo mejor, lo que le hizo subir aún más puntos en mi estima.

—Aún no has respondido a mi pregunta. Puedes casarte con quien quieras. ¿Por qué me has elegido a mí?

–Quizá porque estoy tan enamorado del apellido Fitzalan que he anhelado la oportunidad de emparentarme con tu padre desde el mismo día en que conocí a tu hermana. Y deberías saber, Imogen, que yo siempre consigo lo que quiero.

La vi tragar saliva. Admiré la blanca columna de su cuello mientras lo hacía.

–Dicen que eres un monstruo.

Estaba tan ocupado contemplando su boca e imaginándome aquellos carnosos labios cerrándose sobre la parte más ávida de mi ser que casi me pasó desapercibido su tono. Y la expresión de su rostro mientras pronunciaba la frase. Como si no estuviera jugando. Ya no. Como si realmente me tuviera miedo.

Yo había dedicado mi vida entera a asegurarme de que me tuviera miedo la mayor cantidad de gente posible, la única manera de asegurarme su respeto. Pero, de alguna forma, no deseaba que aquello fuera cierto en el caso de Imogen Fitzalan, mi futura esposa.

–Aquellos que dicen que soy un monstruo suelen ser por lo general unos pobres perdedores –repuse, consciente de que estaba demasiado cerca de ella. Ni ella ni yo nos movimos lo más mínimo para aumentar la distancia–. Si me llaman eso es por interés, porque… ¿quién esperaría triunfar sobre una criatura de cuentos y leyendas? Sus propias carencias no tienen así ninguna consecuencia, ¿entiendes? No si me miran como a un monstruo, y no como a un hombre.

–Entonces es que quieres serlo –escrutó mi rostro–. Te gusta.

–Puedes llamarme lo que quieras. De todas formas, me casaré contigo.

–Otra vez. ¿Por qué yo?

–¿Qué es lo que te preocupa tanto? –no luché contra el impulso que se apoderó de mí en aquel momento, el de tomarla de la barbilla para acercar su rostro al mío. Lo hice simplemente porque podía hacerlo. Y porque ella, aunque se quedó inmóvil, no se apartó–. Sé que te has pasado la vida entera preparándote para este día. ¿Por qué habría de importarte que sea conmigo o con cualquier otro?

–Claro que me importa.

Su voz tenía un tono firme y sereno al mismo tiempo. La emoción brillaba en sus bellos ojos, aunque yo no lograba discernir cuál era exactamente.

–¿Tienes el corazón puesto en otro hombre? –le pregunté, consciente de que algo que nunca antes había experimentado se despertaba en mi interior–. ¿Es por eso por lo que te has presentado ante mí con una actitud tan beligerante?

Era porque era mía, me dije a mí mismo. Era por eso por lo que estaba experimentando aquel impulso de posesividad, algo completamente ajeno a mi carácter. No lo había sentido antes por mujer alguna, eso era verdad. Pese a lo mucho que había deseado a Celeste en su momento, y a la furia que había sentido cuando la perdí a manos de aquel conde zombi que terminó por convertirse en su marido.

Imogen era mía. No había discusión posible. Había pagado por ese privilegio. Era por eso por lo que su padre había concertado aquel matrimonio. Tanto él como yo sabíamos la verdad. Yo era un hombre rico. Pocos hombres podían rivalizar conmigo en riqueza y en poder. Yo mantenía a mis hermanas y a mi madre porque tenía a gala ser un hombre de honor y cumplir con mis obligaciones, no porque ellas se merecieran esa consideración. Y porque no quería que se convirtieran en eslabones débiles que otros pudieran intentar romper para atacarme. Pero, por lo demás, no tenía vínculos ni obligaciones, lo que me había permitido dedicar todo mi tiempo al arte de hacer dinero.

La realidad era que Dermot Fitzalan necesitaba de mis riquezas. Y, mejor aún, de mi capacidad para acumular más con aparente facilidad. Él necesitaba esas cosas mucho más de lo que yo necesitaba el pedigrí de su hija.

Pero yo hacía tiempo que había decidido casarme con una heredera Fitzalan, una familia que había sostenido en la sombra los principales tronos de Europa en un momento u otro de su historia. Había tomado la decisión de engendrar a mis hijos en aquellos vientres refinados y bien alimentados, vientres de sangre azul, para educarlos no solo en el lujo, sino en la alta cultura.

Había sido tan joven la primera vez que puse los ojos en Celeste…Tan rudo, tan sin desbastar. El puro animal que todos me acusaban de ser. Nunca antes había visto a una mujer como aquella. Toda refinamiento y belleza. Nunca me había imaginado que alguien pudiera llegar a ser tan… perfecto.

En aquel entonces me había llevado mucho más tiempo del que habría debido llevarme, mucho más del que me habría llevado ahora, eso era seguro… descubrir la verdad sobre Celeste Fitzalan, en la actualidad una condesa atada a un mezquino anciano. Porque eso era lo que había querido ella, mucho más de lo que me había querido a mí.

Pero, con ello, mi sed de emparentarme con su estirpe no había hecho sino crecer.

—Si hubiera otro hombre en mi vida —dijo en aquel momento mi desconcertante prometida, con un gesto terco en sus delicados labios y una mirada de rebeldía en los ojos—, probablemente no te lo diría, ¿no te parece?

—Puedes decirme cualquier cosa sobre quien quieras —le aseguré con tono de amenaza—. Hoy. Yo te aconsejaría que aprovecharas la oferta. Porque mañana tendré un punto de vista bastante diferente sobre estas cosas.

–No importa lo que yo quiera, ¿verdad? –me espetó, apartando la barbilla.

–Yo nunca he dicho que importara. Eres tú la que ha venido aquí. ¿Has venido solo para insultarme? ¿Para hacerme preguntas impertinentes? ¿O quizá tenías otro objetivo en mente?

–No sé por qué he venido –dijo Imogen y, por el suspiro que lanzó, supe que decía la verdad.

Pero había encendido un fuego en mi interior, una necesidad oscura y exigente, y yo no tenía por costumbre reprimir mis deseos. Además de que aquella mujer, a la mañana siguiente, se convertiría en mi esposa.

–No te preocupes –le dije con toda la intención del mundo–. Yo sé exactamente por qué has venido.

Deslicé una mano por su cuello, disfrutando de la calidez de su piel a la sombra de aquellos salvajes rizos. La acerqué hacia mí, viendo cómo abría mucho los ojos y entreabría los labios como si no pudiera evitarlo. Como si fuera realmente tan inocente, tan ingenua.

Yo seguía sin entender el efecto que provocaba en mi ser: el impulso de tomarla, de poseerla, de enterrarme en su cuerpo cuando no se parecía en nada a las mujeres con las que solía distraerme. Pero nada de todo aquello importaba. Porque ya la poseía. Era mía. Solo me faltaba reclamarla, y deseaba hacerlo. Desesperadamente.

Y la besé.

Capítulo 3

Imogen

Me estaba besando. El monstruo me estaba besando. Y yo no sabía qué hacer.

Era un beso firme, duro. Debería haberme dolido, seguramente. Yo habría debido apartarme, evitar aquella intensidad. Debería haberlo intentado, al menos. Pero, en lugar de ello, me descubrí a mí misma poniéndome de puntillas para acercarme más a él... Como si quisiera más.

Él se apoderó de mi nuca con una mano al tiempo que movía sus labios sobre los míos. Y yo quería... Lo quería todo.

Había soñado con besos como aquellos durante media vida. Había anhelado un momento como aquel. Un beso de castigo, quizás. O un beso maravillosamente dulce. Un beso del tipo que fuera, si tenía que ser sincera.

Pero nada me había preparado para Javier Dos Santos. Nada me había preparado para aquello. Sentía la presión de su lengua contra mis labios, y no pude evitar abrirlos para darle entrada. Fue entonces cuando pensé que se lo daría todo.

Y aunque entendía, en un nivel de conciencia muy profundo, lo que aquel hombre me estaba haciendo, tanteando su lengua con la mía, bailando con ella, retirándose... lo único que podía sentir era calor. Ardor.

Algo ávido, salvaje e imposiblemente ardiente, despertándose en mí. Lo que antes había llamado terror se había convertido en algo completamente diferente, algo líquido, derretido. Algo que giraba y giraba dentro de mi pecho, se anudaba en mi vientre y se derramaba luego como miel todavía más abajo.

Mientras tanto, él seguía besándome. Sus brazos eran una maravilla. Duros y fuertes, me envolvían haciéndome sentir cosas que apenas podía comprender. Me hacían sentirme pequeña, y sin embargo segura. Enteramente rodeada. Reconfortada.

Y la boca de Javier no cesaba de moverse sobre la mía. Me inclinó hacia atrás, sujetándome de la cintura con un brazo. Su ancho pecho, todo músculos de acero y granito, presionaba contra el mío, hasta que sentí cómo mis senos parecían henchirse en respuesta. Aquello era como una fiebre.

El sordo dolor estaba por todas partes, tórrido, pero yo sabía, lo sabía de algún modo, que no estaba enferma.

Me inclinó todavía más hacia atrás y la sensación fue gloriosa. Era como si flotara en el aire, demasiado perdida como estaba en aquel fuego como para preocuparme de que mis pies tocaran o no el suelo. Fue entonces cuando sentí sus dedos abriéndose camino bajo el borde de mi vestido, en una escandalosa caricia que me aceleró el pulso. No se detuvo, sino que encendió la misma dulce llama a lo largo de todo mi muslo, ascendiendo cada vez más.

Mi cerebro se desconectó. El mundo se puso al rojo vivo, hasta que no quedó nada más que una pura necesidad. Su mano era una delicia. Nada suave ni fina, era de tacto duro, de palma callosa. Grande, brutalmente masculina.

Delineó una especie de dibujo sobre mi piel, y se rio luego contra mis labios cuando yo me estremecí en respuesta. Su sabor era como puro vino que se infiltrara en mi ser dejándome aturdida, embriagada.

Al momento sus dedos comenzaron a jugar con el borde de mi braga, hasta que estuve segura de que había dejado de respirar. Ladeando la cabeza, profundizó aún más el beso. Simultáneamente, podía sentir sus dedos acercándose atrevidos a mi húmedo calor.

De repente, para mi asombro y maravilla, empezó a acariciarme, justo allí. Su lengua estaba en mi boca. Sus dedos, profundamente hundidos en mi sexo, y yo no podía recordar por qué había pensado alguna vez que aquel hombre era un monstruo. O quizá pensara que era mucho más monstruoso de lo que yo nunca me había imaginado.

Fuera como fuese, me rendí. Y sentí aquella rendición como fortaleza.

Era como una especie de danza. Avanzar y retroceder. Su boca y su mano, primero una y luego la otra, o las dos a la vez. Antes de que pudiera darme cuenta, la fiebre que sentía se había extendido por todo mi ser. Me estremecí de los pies a la cabeza. Podía sentir cómo mi cuerpo se tensaba en sus brazos conforme se acercaba a la crisis.

Lo habría apartado de mí si hubiera podido. Si mis manos hubieran podido hacer otra cosa que no fuera agarrarlo de la pechera de la camisa mientras temblaba y me convulsionaba de abrasadora necesidad.

Me perdí a mí misma en alguna parte entre la dura y ardiente boca de Javier y su implacable mano cerrada sobre mi entrepierna. Me perdí a mí misma, me dejé llevar por aquellas convulsiones, sin entender siquiera por qué estaba gimiendo de aquella manera tan desvergonzada…

–Córrete para mí, Imogen –gruñó contra mi boca–. Ahora.

Para entonces yo no era más que fuego y rendición. Y exploté.

Apenas fui consciente de que Javier me apartaba para sentarme en el borde de la mesa que tenía detrás, deslizando las manos a lo largo de mis brazos como para recordarme los límites de mi propio cuerpo. Incluso me bajó y alisó la falda del vestido.

Sentí la tentación de encontrar aquel gesto muy tierno, por extraña que me pareciera la palabra aplicada a un hombre universalmente considerado como un monstruo. Un auténtico tumulto parecía bullir en mi interior.

La cabeza me daba vueltas. No podía concentrarme. Ni respirar. No lograba entender lo que acababa de suceder.

Para cuando por fin logré serenar mi respiración lo suficiente como para poder pensar mínimamente, Javier seguía ante mí, sin moverse. En la misma postura que antes, con las manos hundidas en los bolsillos de su elegante pantalón.

Su aura de poder parecía todavía más abrumadora. Yo conservaba un vago recuerdo de los bellos ojos azules del muchacho de las cuadras, los que tanto habían alimentado mis fantasías. Y, sin embargo, en aquel momento, se me antojaban insustanciales al lado de la implacable masculinidad de Javier. Una masculinidad tormentosa que parecía golpearme, azotarme; que me obligaba a sentir su electricidad, su mismo ser, como si hubiera dejado parte del suyo en el mío.

Me dije a mí misma que lo odiaba por ello.

–Pareces muy alterada, *reina mía* –murmuró él. Entendí el término español, pero me tensé ante la oscura burla que parecía destilar–. Pero debe de ser una ilusión. Porque seguro que alguien debe de haberte preparado para lo que suele ocurrir entre un hombre y una mujer… por mucho que se haya esforzado tu padre en mantenerte recluida en una torre, apartada del mundo.

No, pese a las apariencias, yo no era una de aquellas vírgenes destinadas al sacrificio y rescatadas en algún momento de aquel mismo castillo donde nos encontrábamos. Había vivido una vida muy protegida, sí, pero una vida con abundante acceso a Internet. Aun así, sentía un poderoso impulso en mi interior, una oscura insistencia para la que no tenía fuerzas para resistirme.

—Me prepararon de la manera habitual —le contesté—. Las torres apartadas del mundo solo existen en los cuentos de hadas. La realidad es otra cosa.

De repente un brillo de fuego asomó a sus ojos, abrasándome. Le sostuve la mirada. Y esbocé la misma sonrisa despectiva que antes había visto en los labios de mi hermana.

—Supongo que te referirás a que tu preparación para el matrimonio tuvo lugar bajo la meticulosa tutela de monjas, en forma de puritanas charlas de biología.

—Piensa lo que quieras.

Allí mismo, delante de mis ojos, Javier… se transformó. Antes había pensado que era de piedra, pero parecía haberse convertido en algo todavía más duro. Pedernal y granito juntos.

No podía saber si el pulso que me atronaba en aquel momento en las muñecas y en las sienes, en los senos y en mi entrepierna, era de terror o de otra cosa. Algo muchísimo más peligroso. Lo único que sabía era que deseaba poseer la misma actitud que Celeste había exhibido en mi dormitorio aquella mañana. Aquella misma confianza. Aquella pose de autosatisfacción, de engreimiento. Porque tenía la sensación de que proporcionaba una especie de poder.

No quería ser la hermana pequeña de los Fitzalan. La menos agraciada. Ya no. No quería a aquel hombre, que acababa de abrirme en canal de una manera que yo todavía no conseguía explicarme, descubriendo para mi vergüenza lo muy inexperta que era. No quería entregarle mi inocencia, sobre todo cuando él se consideraba con derecho a ella.

Aunque solo fuera por una vez, pensé desafiante, quería sentirme, hacerme la sofisticada. Ser la hermana elegante y seductora. Ignoraba si podría imitar con éxito el estilo de Celeste. Pero sabía que mi sonrisa lo estaba ya afectando. Podía verlo en su gesto crispado y duro.

—Tanto mejor —gruñó Javier, aunque no parecía en absoluto complacido—. Deberías saber que soy un hombre de muchas y variadas necesidades, Imogen. Así no tendré que instruirte sobre la mejor manera de satisfacerlas.

No le creía. Algo me decía que en realidad aquello le importaba mucho más, solo que se negaba a reconocerlo. Ignoraba por qué, pero lo sabía. «O quizá solo quieras saberlo», me susurró mi voz interior. «Quieres afectarlo, excitarlo, sobre todo después de lo que acaba de hacerte».

Pero no deseaba pensar tales cosas. En lugar de ello, me descubrí fulminándolo con la mirada.

—Cuidado —me advirtió Javier con un tono de velada amenaza que hizo que me derritiera por dentro—. Si no quieres que te ejemplifique ahora mismo la clase de apetitos a los que me estaba refiriendo, te sugiero que te marches. Mañana tenemos la boda. Y la perspectiva de un matrimonio durante el cual tendrás tiempo más que suficiente para descubrir lo que quiero y espero de ti. En la cama y fuera de ella.

Me sentía desgarrada por dentro. Me dolió que me despachara de aquella forma, porque sabía que debería haberme alegrado de que me dejara en paz, y no era el caso. Volví a ruborizarme, pero esa vez fue más de vergüenza que de aquel imposible, irresistible deseo.

Solo estaba simulando ser Celeste, y la dura mirada de Javier sugería que no lo estaba haciendo precisamente muy bien. Estaba segura de que, si él volvía a tocarme, nuevamente sería incapaz de dominarme.

Una parte de mi ser seguía ardiendo de anhelo: no deseaba otra cosa que volver a sentir sus manos en mi cuerpo. Una vez más. Y más aún. Sabía que tenía que aprovechar la oportunidad que me estaba ofreciendo de escapar. Si no quería perderme irremisiblemente.

Me bajé de la mesa mientras hacía esfuerzos por no traicionar mi expresión, disimulando la especial sensibilidad que sentía en las zonas de mi cuerpo que había acariciado. Era como si la braga me apretara demasiado, como si estuviera dolorida, con problemas para caminar con dignidad.

Y sin embargo lo hice. Lo conseguí. Lo rodeé con cuidado como si estuviera ardiendo, convencida de que incluso a distancia podía quemarme. De que, de alguna manera, me había marcado a fuego. Y enteramente consciente de su brillante y arrogante mirada.

Mientras subía rápidamente la escalera de caracol con piernas de goma, el latido de mi corazón era tan fuerte que me sorprendió que él no lo escuchara e hiciera algún comentario. Corrí luego por la galería del primer piso, sin volver la mirada. No me atreví. Quizá parte de mi ser temía que, si lo hacía, pudiera volver con él. Para enterrarme en aquel fuego suyo y abrasarme viva, hasta que no quedara nada de mí salvo cenizas.

Escabullirme por la puerta oculta tras los cortinajes no representó en realidad ningún alivio. Era como si me hubiera llevado a Javier conmigo, en todas las zonas de mi cuerpo que había tocado y, mucho peor aún, en todas aquellas zonas en las que yo había anhelado sentirlo.

Era como si ya me hubiera medio consumido en aquel fuego que tanto había temido como ansiado encender. Pero me moriría antes que dejarle saber que me había enseñado mucho más durante aquellos escasos momentos que lo que había aprendido en toda una vida.

Cuando pensaba en lo que podría suponer la noche de bodas con un hombre así, me creía morir. Sabía que me estaba poniendo melodramática, pero seguí pensando en ello mientras recorría los pasadizos ocultos de la casa de mi padre. ¿Por qué había ido a buscar a Javier? ¿Por qué había sido tan ingenua? ¿Qué me había imaginado que podría suceder? Ansiaba darme un baño, sumergirme en el agua caliente y esconderme allí. No deseaba otra cosa que encontrarme de vuelta en mis aposentos, a salvo y protegida.

Porque una latente y femenina sabiduría que no había sido consciente de poseer me susurraba que aquellas últimas horas previas a mi boda podrían ser quizá mi último contacto con un mundo de seguridad. Sabía ya demasiado sobre lo que me esperaba, y sin embargo seguía ignorando todo aquello que deseaba aprender. Había encontrado una magia y un fuego, sí. Pero ahora sabía lo fácil que había resultado rendirme, hasta qué punto podía traicionarme mi propio cuerpo. Sabía, además, lo peor de todo: que deseaba cosas que, mucho me temía, solamente Javier Dos Santos sería capaz de darme.

No presté suficiente atención cuando me escabullí fuera de los pasillos reservados al servicio. Habitualmente era mucho más precavida. Solía detenerme a escuchar durante unos minutos, o utilizar las estratégicamente colocadas mirillas de las puertas para asegurarme de que no hubiera nadie a la vista cada vez que regresaba a los espacios nobles de la casa.

Pero Javier me había afectado. Había utilizado mi propio cuerpo contra mí, como si lo conociera mejor que yo. Me había hecho sentirme como si le perteneciera a él, en vez de a mí. Aquella era la única excusa que se me ocurrió cuando me tropecé de bruces con mi padre. Durante un largo y terrible momento se hizo un silencio entre nosotros, apenas punteado por el lejano golpeteo de la lluvia en el tejado.

Dermot Fitzalan no era alto ni particularmente intimidante desde un punto de vista físico, pero había suplido ambas carencias con el desdén que proyectaba literalmente contra toda persona que no fuera él. Por no hablar del complemento extra que solía reservar para mí.

—Por favor, dime que me falla la vista —su voz era tan fría que hacía que la vetusta casa de piedra pareciera caliente en comparación—. Te lo suplico, Imogen. Dime que no acabo de ver a una heredera de la fortuna Fitzalan saliendo de las habitaciones de los criados como una inepta sirvienta a la que de buena gana despediría en este mismo momento.

Antes, me había creído valiente. Cuando, en un impulso, me había dirigido a conocer al hombre que mi padre había escogido para mí. Cuando tropecé con un monstruo y huí: cambiada, sí, pero entera. Pero mientras permanecía ante mi padre, avergonzada como siempre por su despreciativo ceño, me di cuenta de que no era valiente en absoluto.

—Me pareció haber oído un ruido —mentí a la desesperada—. Simplemente me asomé para ver qué era.

—Te suplico me perdones —mi padre me miraba como siempre tenía por costumbre, como si mi presencia le resultara vagamente repulsiva—. ¿Por qué una dama de esta casa, una hija del linaje Fitzalan, habría de molestarse personalmente en investigar cualquier ruido extraño de esta casa? ¿Eres incapaz de tirar de la campanilla?

–Padre…

Él alzó una mano. Aquello me acalló, tal como si hubiera cerrado una mano sobre mi garganta para apretármela. La dura luz de su mirada sugería que aquella posibilidad no resultaba tan remota.

–Representas para mí una continua decepción, Imogen –su voz era fría. Distante.

Yo sentía como una inesperada bofetada cada oportunidad que él aprovechaba para recordarme hasta qué punto era capaz de defraudarlo. Y en aquel momento me ardían las mejillas como si realmente me hubiera pegado.

–No entiendo este… empecinamiento tuyo.

Se refería a mi indómito cabello, que no parecía obedecer a nadie. Ni a él ni a mí misma, tampoco. Ni a las implacables monjas, ni a mis viejas institutrices, ni a las pobres doncellas que él había contratado para atacarlo con fórmulas y planchas de pelo, siempre en vano.

–Podrías ser hasta bonita, aunque algo basta, de no ser por ese desastre de cabello que te empeñas en exhibir.

Estaba contemplando mis rizos con una expresión tan feroz que casi me sorprendió que no alargara en aquel momento una mano para arrancármelos.

–No puedo evitarlo, padre –me atreví a decir en voz baja.

Fue un error. La feroz mirada abandonó mi cabello para posarse en mi rostro. Con la misma dureza.

–Permíteme que me asegure de que eres consciente de lo que espero de ti para este fin de semana –dijo, bajando el tono de una manera que hizo que se me cerrara el estómago–. En menos de veinticuatro horas, te convertirás en el problema de otro hombre. Será él quien se vea obligado a ahogar esas absurdas rebeliones tuyas, tarea para la que le deseo la mayor de las suertes. Pero tú saldrás de esta casa como conviene a una Fitzalan.

No necesitaba saber a qué se estaba refiriendo en concreto. Lo que sí sabía era que cada vez que mi padre mencionaba algo que «convenía» a alguien de su familia, yo siempre salía perdiendo.

Aun así, yo ya no era la misma chiquilla que estúpidamente se había escabullido en busca de su futuro marido. No era tampoco la ingenua criatura que solía sentarse al pie de la ventana para contemplar la lluvia y fantasear con un mozo de cuadra. Aquella niña se me antojaba en aquel momento lejana, como si fuera un sueño que hubiera tenido alguna vez. Porque Javier Dos Santos me había marcado como si hubiera presionado un hierro al rojo vivo contra mi piel, y yo todavía sintiera los efectos. El ardor. El fuego.

−¿Qué puedo hacer al respecto? −pregunté con la clase de tono que sabía que mi padre consideraría ofensivo. No pude evitarlo−. ¿Raparme al cero?

Mi padre desnudó los dientes y yo retrocedí, encogida. Mi espalda tropezó con la pared. No tenía manera de escapar. En cualquier caso, correr habría sido todavía peor.

−Sospecho que eres bien consciente de que yo no deseo tal cosa, Imogen −la voz de mi padre destiló un desdén aún mayor, si acaso eso era posible−. Supongo que te imaginas que tu matrimonio te proporcionará alguna medida de libertad. Quizá lo contemples como una escapatoria. Si sabes lo que es bueno para ti, muchacha, corregirás esa actitud tuya antes de mañana por la mañana. Tu futuro marido no es de tu sangre, pero te aseguro que espera de ti una total y absoluta obediencia en todos los aspectos.

–Yo nunca dije… –empecé.

Mi padre se limitó a esbozar una sonrisa helada.

–De hecho, Dos Santos no es más que una criatura vulgar que maneja los conflictos con la habilidad que cualquiera podría esperar en una bestia incivilizada. Me estremezco solo de pensar en cómo acogerá tu errático comportamiento.

Pensé que yo ya tenía una ligera idea al respecto, pero bajé la mirada, aterrada de que mi padre pudiera descubrir en ella el fuego y el deseo que Javier había despertado en mí. Y porque no deseaba ver el malicioso brillo de sus ojos.

Intenté reprimir la nostalgia que sentía por mi madre. Echarla de menos no servía de nada. Pero, en momentos como aquellos, no podía evitarlo. Sabía que, si hubiera estado viva, ella tampoco se habría enfrentado con mi padre, pero al menos yo no habría tenido duda alguna sobre su amor.

–¿Callas, al fin? –se burló él–. Eso tampoco te ayudará. La suerte está echada, me temo. Pasarás el resto de este día encerrada en tus habitaciones. Pero no te imagines que tendrás oportunidad de refugiarte en esos libros que tanto amas. Te enviaré a las doncellas y recuerda bien mis palabras, Imogen. Me da igual lo mucho que te cueste o lo mucho que tardes, pero mañana, por vez primera en tu vida, presentarás el aspecto correcto que corresponde a una Fitzalan. Domeñarás ese desastre al que llamas cabello. Harás algo también con tu rostro, para variar. Te harán la manicura y la pedicura. Y te obligarán a parecer el orgullo y la alegría de esta casa.

–Padre –lo intenté de nuevo–, nada de todo eso es necesario.

–No se puede confiar en ti –replicó, furioso–. Eres un constante motivo de vergüenza. Nunca he entendido cómo una criatura engendrada por mí ha podido salir así, tan desaliñada. Aparte de esos rizos, te paseas de esta guisa por mi casa sabiendo que está llena de importantes invitados que esperan que el apellido Fitzalan remita a la gracia y a la elegancia máximas, a un refinamiento de siglos –su desdeñosa mirada me barrió de la cabeza a los pies–. Pareces tan vulgar como él.

Era el peor insulto que mi padre habría podido lanzarme. La parte de mi ser que todavía ansiaba complacerlo, por muy imposible que se antojara la tarea, pareció encogerse. Pero no dije una palabra. Me quedé donde estaba, dejándome azotar verbalmente, porque no había manera de detenerlo. Nunca la había habido.

Una vez que hubo terminado, se irguió aún más y se estiró las mangas de la chaqueta con gesto indignado, como si mi desaliño fuera contagioso.

–Retírate de inmediato a tus habitaciones –me ordenó, como si fuera una niña pequeña. Que era precisamente como me sentía cuando me miraba–. Te sentarás allí a esperar a tus doncellas.

–Sí, padre –me esforcé por adoptar un tono sumiso y obediente.

Él me agarró entonces de un brazo, hundiéndome los dedos en la piel.

–Te queda menos de un día de permanecer en esta casa –siseó–. Menos de un día para conducirte de la manera apropiada. Y te lo advierto, Imogen. Si intentas volver a ponerme en ridículo, no te va a gustar nada la ceremonia de mañana. Recuerda que lo único que necesito es tu presencia allí. Me es completamente irrelevante que seas capaz de hablar o incluso mantenerte en pie durante la misma.

Y me dejó allí, para marcharse sin volver siquiera la mirada, porque estaba seguro de que lo obedecería. Y tenía razón.

Sabía que sus amenazas no eran vanas. Me llevaría a la ceremonia hasta en camilla si así lo deseaba, y ni un solo invitado movería una ceja. Yo no era nadie para ellos. No era yo misma. Era una heredera Fitzalan, nada más y nada menos, y mi padre tenía por tanto derecho a hacer conmigo lo que se le antojara.

Podía sentir las dolorosas marcas que me habían dejado sus dedos en el brazo mientras me lo frotaba. Bajé la cabeza. Lágrimas de frustración y furia anegaban mis ojos mientras me dirigía a mis aposentos, tal y como se me había ordenado.

Pero las cosas que me había dicho mi padre quizá habían obrado el efecto contrario al pretendido. Porque, durante todo el tiempo, yo había estado demasiado concentrada en Javier. En su reputación de monstruo. Me había aterrado la perspectiva de obligarme a mí misma a caminar hacia el altar, al encuentro de mi propio destino.

Y en cambio, no había dedicado de hecho suficiente tiempo a pensar que, fuera o no un monstruo, Javier solo podría representar un progreso respecto al otro monstruo que pronto dejaría atrás. Porque tal vez no conquistara nunca la libertad, pero al menos me vería libre de mi padre.

Y, si el precio a pagar por ello era someterme durante el resto del día y convertirme en la perfecta novia Fitzalan en honor a la vanidad de mi padre, no podía por menos que concluir que merecía la pena.

Capítulo 4

Javier

No me sorprendió del todo que mi ruborosa novia no diera señales de vida en la tediosa celebración que Dermot Fitzalan dio aquella noche.

Al fin y al cabo, no era aquel el tipo de boda que debiera figurar en las crónicas sociales, melosas y con todo lujo de fotografías, de las diferentes revistas del planeta. Mi boda no era ninguna actuación.

Era un contrato y la presencia de Imogen solo era incidental. Había pagado por la conexión con los poderosos Fitzalan. Una pieza que añadir a mi colección.

–¿No ha venido acompañado de sus familiares, Dos Santos? –me preguntó uno de los lobos reunidos para la ocasión, que dudaba que pudiera ser calificada de feliz. Era un imbécil cargado de títulos que llevaba ya varios minutos pegado a mí. Obviamente deseaba que me interesara por sus actividades. No era el caso–. ¿Qué clase de hombre asiste a su propia boda solo?

Alcé mi copa, sin hacer intento alguno por mostrarme cortés.

–Uno bien consciente de que únicamente está haciendo una adquisición de negocios. Algo que soy perfectamente capaz de hacer sin séquito,

El otro hombre soltó una carcajada, cosa que me aburrió aún más. Lo dejé sin pronunciar otra palabra, para atravesar el salón de altísimos techos elegido para al-

bergar aquel supuestamente genial cóctel, preámbulo
de lo que prometía ser un banquete aún más aburrido.
Sabía que Fitzalan se estaba jactando, como siempre.
Se suponía que los invitados tenían que quedarse bo-
quiabiertos ante aquel monumento histórico que él tenía por casa, y yo más que nadie. Se suponía que yo
tenía que prosternarme ante tanta solemne antigüedad.
Se suponía que tenía que sentirme humillado. Pues
bien, lo sentía por él, pero mi reacción era enteramente
la opuesta.

No podía sacarme de la cabeza a mi futura esposa,
con sus irreverentes rizos color rojo fuego. Imogen Fitzalan no era en absoluto lo que había estado esperando
y yo no podía recordar la última vez que alguien me
había sorprendido tanto. Y mucho menos una mujer. En
verdad que el recuerdo que conservaba de ellas tendía a
desdibujarse. Aquellas que se acercaban a mí ávidas de
mi dinero, de mi poder, dispuestas a entregar sus cuerpos para saborear un poco de ambos. ¿Y quién era yo
para negarme a tan generosos ofrecimientos? Los acep-
taba y los disfrutaba, para luego olvidarme rápidamente.

Por lo demás, mi intención siempre había sido casarme con una mujer capaz de dar a mis hijos lo único
que yo no podía proporcionarles: sangre azul. Pero
hasta que llegara ese día, nunca había tenido problema
alguno en satisfacer las exigencias de la vulgar sangre
roja que corría por mis venas. El corazón me latía apre-
suradamente en ese momento, rodeado por todas partes
de pálidos aristócratas y del tipo de antiguos y aparato-
sos objetos que tenían un único fin: proclamar el pres-
tigio de su propietario. Estaba rodeado de la peor clase
de lobos, y sin embargo solo podía pensar en una cosa:
sexo. Y todo gracias a la novia que había imaginado
que sería una fría y recatada virgen incapaz de sostenerme la mirada.

No sabía muy bien qué hacer con la sorpresa que me embargaba. Y tampoco estaba seguro de que me gustara.

Me acerqué a los ventanales que daban a los lúgubres jardines, medio ocultos por la niebla de otro triste día en Francia. Prefería el radiante calor de España, la calidez de sus gentes, el ritmo de mi lengua materna. Con la copa en la mano, me dediqué a observar cómo algunos de los hombres más ricos de Europa se fulminaban suspicaces con la mirada como si la violencia fuera a estallar en cualquier momento, cuando sabía muy bien que no era así como aquellos tipos se atacaban. Preferían tácticas más sutiles. Agredían a sus enemigos con absorciones hostiles y crueles ofertas de compra. Manejaban sus fortunas como los generales a sus soldados.

No me daban miedo. Ninguno de los hombres que estaban reunidos en aquella habitación había creado lo que yo había creado con mis propias manos. Yo era el único que podía enorgullecerse de aquella distinción.

Lo que significaba que yo era también el único que sabía lo que era vivir sin aquellos privilegios. Criarse en la adversidad sin tener a nadie en quien confiar.

Lo que significaba también que ellos tenían una debilidad, una carencia, y yo no.

Me estaba sonriendo de aquella ocurrencia cuando Celeste entró en la sala acompañada del cadáver animado que la había convertido en condesa. El decrépito aristócrata al que había preferido antes que a mí.

Esperé la punzada que recordaba tan bien de aquellos tiempos. La había llamado deseo, entonces. Deseo y furia, necesidad y pasión. Pero ahora tenía ya más experiencia. O me conocía mejor a mí mismo. Aquello había sido una especie de capricho codicioso, como cuando codiciaba los mejores coches y las más suntuosas residencias. Había deseado desesperadamente a Celeste. Me había imaginado que sería la joya de la corona de mi colección.

Y sin embargo, esa noche, mientras la veía moverse por la sala como el tiburón que no me había dado cuenta que era diez años atrás, con aquella sonrisa suya que blandía como un arma, no sentí aquella antigua punzada. ¿Acaso porque era una década más viejo? Quizá había visto ya demasiado como para dejarme afectar por un elegante cuello de cisne y una sarta de bonitas mentiras. ¿O era porque finalmente aquel día había saboreado algo verdaderamente dulce y deseaba más de eso mismo, en lugar de aquellos amargos posos de lo que antaño había sido una orgullosa familia?

«Si ellos son unos posos amargos, ¿qué eres tú?», me interpeló una áspera voz familiar. «Porque tú estás aquí para beberte de una vez lo poco que ellos tengan que ofrecerte».

Ignoraba la respuesta. Lo único que sabía era que esa tarde ya me había cansado. Habría podido estar en cualquier otra ciudad de cualquier continente, rodeado de la misma gente que siempre se reunía en lugares como aquel. La conversación habría sido la misma. En las peligrosas barriadas de mi juventud los hombres competían entre sí con explosiones mucho más abiertas de testosterona, pero, desmintiendo tantas cortesías y delicadezas, aquel ambiente no era muy distinto. Aprender esa básica verdad era lo que me había permitido ganar mi primer millón.

Aun así, en lo único que podía pensar era en Imogen. En aquella boca de labios de fresa que sabía todavía muchísimo más dulce. Y, mejor aún, en la ardiente humedad que había mojado mis dedos cuando alcanzó el orgasmo.

La había paladeado, llevándome la mano a los labios, mientras ella permanecía aún sentada en aquella mesa, esforzándose por recuperarse. Y en aquel momento era como si no pudiera ni quisiera saborear nada más.

Me había olvidado completamente de Celeste cuando apareció ante mí, sonriendo astuta como si compartiéramos un secreto particularmente obsceno. Como si acabáramos de vernos el día anterior, en lugar de diez años atrás. Y como si aquel último encuentro no hubiera entrañado teatrales sollozos por su parte, crueles amenazas por la de su padre y ardientes promesas de venganza por la mía. Mirando las cosas retrospectivamente, sentía hasta vergüenza por los tres.

—¿Qué tal estás? —me preguntó con aquella voz ronca que contrastaba tanto con su aspecto de rubia y fría perfección. Pero se trataba de su mayor arma, al fin y al cabo. Calor y frío… Hielo y sexo. Todas aquellas deliberadas contradicciones fundidas en una sola persona: esa era Celeste. La miré con demasiado detenimiento como para resultar cortés.

—¿De repente te preocupa cómo estoy? No sé por qué, pero lo dudo.

Celeste soltó aquella cantarina risa suya, como si yo hubiera dicho algo divertido.

—No seas tonto, Javier.

—Puedo asegurarte que tonto no lo he sido nunca. Y no voy a empezar ahora. Aquí.

No llegué a añadir: «contigo».

—Tú y yo conocemos las reglas de este juego —replicó, arreglándoselas para sonar ligera e íntima a la vez—. Y hay que seguirlas, al margen de lo que pensemos de ellas. Te admiro por haber decidido conformarte con la dulce y pobre Imogen, tan poquita cosa… Pero estoy segura de que al final todo funcionará muy bien.

–No sabes lo que estás diciendo.

–Fuiste muy sabio al esperar –continuó con voz alegre, como si la hubiera estimulado a ello con mi tono acre. Como si aquello fuera una conversación normal, en lugar de una extraña actuación por su parte–. Para los hombres de sangre tan pura como la del conde, no puede haber mancha alguna en la de sus herederos. Ni la menor sospecha. Pero yo he cumplido con mi deber proporcionándole unos inmaculados retoños sin el menor escándalo sobre su nacimiento. Entonces, ¿por qué habría de importarme nada de eso ahora?

Me la quedé mirando fijamente. Y durante tanto tiempo que su astuta y seductora sonrisa empezó a temblar.

–Te resulta simplemente impensable que no me atraigas lo más mínimo, ¿verdad? –le pregunté con un tono de velada amenaza que le sentó como un puñetazo, según pude observar. Podía considerarse afortunada, ya que yo era demasiado consciente de que, pese a su aparente desinterés, todo el mundo estaba escuchando nuestra conversación. Porque todo el mundo sabía que, una década atrás, yo había hecho el ridículo por culpa de aquella mujer–. ¿Tan alta es la opinión que tienes de ti misma que de verdad crees que me molestaría en cruzar una simple calle por ti? ¿Y mucho menos casarme con otra mujer por el dudoso placer de estar más cerca de tu persona? Yo estoy únicamente interesado en el apellido Fitzalan, Celeste. En la sangre de tus ancestros, hacedores de reyes. Y no en una simple mujer de la que me olvidé desde el momento en que tomó cierta decisión hace diez años.

Pero estaba hablando con Celeste. Pese a que vislumbré un cierto brillo de incertidumbre en su mirada, no tardó en desaparecer. Fue entonces cuando asaltó mis oídos aquella risa suya, que me había perseguido hasta mucho después de haber abandonado su casa en aquel entonces. Aquello me afectó. Pero no porque hubiera anhelado volver a escucharla, sino porque era como la banda sonora de mi propia y temprana humillación. La de una de mis escasas derrotas.

—Haz lo que debas, Javier —murmuró ella con voz ronca—. Juega duro si tu orgullo así lo requiere. Tú y yo sabemos la verdad, ¿no?

Y, quizá prudentemente, no se quedó a escuchar mi respuesta.

Pero, cuando nos convocaron al comedor para el banquete que se celebraría poco después, yo me acerqué a Fitzalan y, con tono cortante, le informé de que no me sentaría a la mesa.

—Le suplico me perdone —dijo el hombre con su habitual estilo envarado. Yo no sabía si se sentía ofendido o asombrado—. Quizá no sea usted consciente de ello, Dos Santos, pero es usted el invitado de honor. Es usted quien va a casarse mañana. El protocolo ordena que asista.

Forcé una sonrisa.

—Sospecho que disfrutarán ustedes mucho más si aprovechan la oportunidad para hablar de mí, que no conmigo.

Y me limité a alzar una ceja mientras mi interlocutor balbuceaba algo, humillado. No esperé su respuesta, un gesto que indudablemente resultó aún más insultante. Me retiré para ahorrarme más conversaciones incómodas y me interné en la mansión sin rumbo fijo. Mis pensamientos giraban en torno a Celeste, la de antes y la de ahora. En la familia Fitzalan y en el papel que jugaría en ella Imogen, tan diferente como era de su padre y de su hermana.

Pensaba incluso en mi propia familia, a la que nunca se me habría ocurrido invitarla a tomar parte en aquel espectáculo. Mi madre nunca había asumido la nueva vida que yo le había proporcionado. La contemplaba con sospechas y reservaba la peor de esas sospechas para mí, sobre todo por culpa del trato al que habíamos llegado. Un trato según el cual yo la mantendría solamente si renunciaba por completo a su antigua vida y a sus antiguos hábitos. Nada de drogas, ni de alcohol. Nada que no fuera la dorada cárcel de mi dinero.

–¿Por qué tienes que casarte con una mujer como esa? –me había preguntado la última vez que hablamos, cuando me resigné a la visita mensual de rigor para asegurarme de que ni ella ni mis hermanas habían vuelto a sus antiguas costumbres.

Yo estaba dispuesto a mantenerlas siempre y cuando fueran discretas y se mantuvieran en la legalidad. Finalmente se habían opuesto rotundamente a abandonar Madrid. Yo solo había podido convencerlas de que se mudaran de su horrible barrio tras el asesinato de mi padre a manos de una banda criminal, años después de que yo lo hubiera expulsado de mi vida por haberse negado a seguir vendiendo droga.

Mucho más me había costado que tanto mi madre como mis hermanas renunciaran a su codicia. Ni ellas ni yo habíamos fingido nunca que, si lo habían hecho, no había sido únicamente por la más mercenaria de las razones. Todas ellas ansiaban la vida que yo podía proporcionarles, en vez de la que habían llevado. Sobre todo teniendo en cuenta que, de haberse quedado en el barrio, habrían tenido que purgar los pecados cometidos por mi padre.

Lo cual no significaba, sin embargo, que les gustara esa nueva vida. Ni a mí.

–La muchacha Fitzalan es un emblema –había replicado a mi madre en la casa que le había regalado a ella y a mis hermanas. En condiciones normales no me habría rebajado a discutir mis planes de matrimonio con ella–. No es más que un trofeo.

–Con todo el dinero que tienes, podrías buscarte cualquier otro trofeo. ¿Por qué te importa tanto lo que pueda pensar esa gente?

Mi madre albergaba un profundo resentimiento hacia las clases altas.

–Mis hijos tendrán sangre de aristócratas –había respondido yo–. Nadie les cerrará ninguna puerta.

Mi madre había resoplado, desdeñosa.

–Nadie puede ver de qué color es la sangre de otra persona, Javier. A no ser que la derrames. Y la única gente que se preocupa de esas cosas tiene demasiado miedo de derramarla por sí misma.

Mis hermanas, en cambio, habían elogiado el proyecto de que su único hermano se casara con una Fitzalan, ya que confiaban en que a fuerza de complacerme podrían hacerse acreedoras de una mayor generosidad por mi parte.

–¡Será como tener un miembro de la realeza en la familia! –había exclamado Noelia.

–¡Puede que hasta sea una princesa! –fue la arrebatada reacción de Mariana.

Mis hermanas habían aceptado mi dinero con ávida, delirante codicia. Hacía años que no se atrevían a llevarme la contraria. En cualquier tema. Porque siempre ansiaban más. Y cuanto más tiempo vivían lujosamente a mis expensas, menos ganas tenían de volver al oscuro pozo de donde yo las había sacado. O, más exactamente, del pozo del que había salido yo mismo, cargándolas a ellas a mis espaldas.

Había hecho el mismo trato con cada una de ellas. Yo financiaba sus gastos siempre y cuando su estilo de vida no me avergonzara ni causara el mejor problema en la rutina que les había impuesto. Nunca habíamos formado una verdadera familia. Mi padre nos había manipulado a todos de manera diferente: o como mulas de carga, o como distracciones, o como cómplices. Todos estábamos marcados por sus mentiras. Y, peor aún, por las cosas que nosotros mismos habíamos hecho en aquel entonces, cuando no habíamos tenido otro remedio.

O por lo que había hecho yo para superar la tragedia de mis comienzos.

Por supuesto, reflexioné en aquel momento en la mansión de los Fitzalan, que yo para nada las habría querido allí, rodeadas de los grandes depredadores de toda Europa, empeñado cada uno en encontrar algo, lo que fuera, que poder usar para debilitar mi posición en cualquiera de los mercados que dominaba.

Estuve vagando durante un buen rato por la casa. Finalmente fui a parar a la biblioteca, cavernosa y débilmente iluminada. El techo era una bóveda de cristal, sobre la que repiqueteaba la lluvia con una insistencia que me hizo temer por su seguridad. Tenía un mal presentimiento, así que intenté distraerme concentrándome en los libros. En las altas estanterías atiborradas de libros que nunca había leído. Y de los que probablemente tampoco nunca había oído hablar.

No era un hombre cultivado. Había carecido de tiempo para leer cuando había tenido tantos mundos por conquistar. Y sin embargo aquellos libros parecían llamarme, por culpa de aquella insaciable sed de conocimientos que siempre me había acompañado. De conocimiento por puro placer, en vez del tipo de habilidades que había tenido que aprender para ensayarlas en lugares como la mansión donde me encontraba, para no desentonar demasiado.

A veces pensaba que habría sido capaz de matar por la oportunidad de sumergirme en aquellos libros que hombres como Dermot Fitzalan habrían leído por puro aburrimiento u obligación, para luego olvidarlos rápidamente, pese a que siempre se habían considerado por mucho más cultivados que tipos como yo.

Los hombres como él, los mismos que en aquel momento estarían sentados a la mesa del banquete, compartiendo sin duda burlonas historias sobre mi bárbaro comportamiento, preferían elevar bellos monumentos a la cultura como aquella biblioteca a efectos de lucimiento, que no de uso. No tenía que conocer detalle alguno sobre la vida privada de Dermot Fitzalan para saber que nunca había pisado aquella biblioteca y hojeado aquellos libros con la sencilla intención de formarse y mejorarse a sí mismo. O para distraerse incluso por un rato.

Todavía recordaba la primera biblioteca en la que había entrado siendo niño. En nuestro barrio habíamos sido «ricos» por causa de los «productos» que vendía mi padre, pero en todos los sentidos de la palabra habíamos sido pobres. En nuestra casa no se leían libros, ni se hacían deberes. No se cultivaba el intelecto. Todo lo que sabía lo había aprendido en las pésimas escuelas a las que me habían obligado a asistir, a menudo sin ayuda de profesor alguno. Cualquier conocimiento que había alcanzado en aquellos tristes lugares había constituido para mí una auténtica hazaña.

La biblioteca de la escuela primaria a la que había asistido había sido una especie de broma; ahora me daba cuenta de ello. Pero lo que recordaba era mi sensación de asombro, maravilla y admiración cuando me vi en una sala llena de libros. No había entendido en aquel momento que podía leer cualquiera de ellos, y escogerlo a voluntad. Había tardado en convencerme de que no se trataba de otro truco, de otra trampa. Mucho me había costado persuadirme de que podía elegir uno, leérmelo en cualquier parte y devolverlo luego sin más para tomar otro, sin mayores consecuencias.

Allí, en aquella silenciosa y solemne biblioteca que parecía la de un palacio en comparación con las otras de las que guardaba recuerdo, saqué un libro de cantos dorados del estante más cercano, sopesé su peso y volví a colocarlo.

Me acerqué luego a una de las mesas que había en el centro de la habitación. La más próxima era de madera lacada, brillante a la pálida luz, cubierta únicamente por tres columnas de libros, que examiné. Una era de novelas; la segunda era de ensayos, en varios idiomas. La tercera, más pequeña, era de poesía.

–¿Puedo ayudarle en algo, señor? –preguntó de pronto una voz suave, con tono diferente.

Alcé la mirada para descubrir a uno de los criados mirándome con expresión de disculpa, como solían hacer todos.

–Estoy disfrutando de la biblioteca –dije, consciente de que debía de haber sonado tan arrogante como cualquiera de los tipos a los que había dejado plantados en el banquete–. ¿O acaso la familia no desea que entre nadie aquí?

–En absoluto, señor –respondió el criado con tono untuoso. Irguiéndose, añadió–: la colección Fitzalan es muy importante, abarca los más antiguos archivos familiares de la comarca. Los textos más antiguos están protegidos, evidentemente, en las vitrinas de cristal que puede usted ver cerca de…

Parecía un guía turístico soltando su discurso. Un discurso muy largo. Señalé la columna de libros más cercana.

–¿Qué son estos libros? ¿Por qué están aquí?

Si el hombre se mostró sorprendido de que lo hubiera interrumpido, no dio señal alguna de ello. Simplemente inclinó la cabeza.

–Son de la señorita Imogen –explicó. Al ver que me lo quedaba mirando en silencio, se aclaró la garganta y continuó–: Son los libros que desea llevarse consigo a su… eh, nueva vida.

Su nueva vida. Conmigo.

El sirviente se marchó poco después y yo me pregunté si no habría llegado el momento de retirarme a mis habitaciones. Como siempre, algún que otro asunto de negocios reclamaba mi atención y tenía cosas mejores que hacer que entretenerme en una biblioteca.

Pero no parecía capaz de moverme. Mientras seguía mirando fijamente aquellas tres columnas de libros, era como si el aroma de Imogen me asaltara una y otra vez. Imogen. La del cabello rojo fuego. La rebelde dispuesta a cargar contra molinos de viento. Porque sabía sin la menor sombra de duda que, si me hubiera casado con Celeste tal y como había deseado diez años antes, ella no habría venido a mí cargada con un surtido de libros. Tal como sabía que, aunque existían muy pocas posibilidades de que Celeste hubiera frecuentado aquella biblioteca por propia voluntad, era seguro que Imogen sí que lo había hecho.

Recogí el primer tomo de poesía de la columna que tenía delante. No me sorprendió que se abriera por una hoja especialmente gastada. Mi mirada se vio atraída por un poema que debía de haberle gustado tanto que hasta había subrayado algunos versos.

–*Porque no hay aquí lugar que no te vea* –leí–, *debes cambiar de vida.*

Cerré el libro y lo dejé allí, con aquel extraño calor bullendo todavía en mi interior.

Para cuando finalmente me dirigí de vuelta a mis habitaciones, descubrí que estaba mucho más intrigado por mi acuerdo matrimonial de lo que lo había estado antes de llegar a aquella casa.

Había querido una esposa Fitzalan. Y tenía a gala conseguir siempre lo que me proponía, por cualquier medio. Cuando a los ocho años de edad me hice la firme promesa de abandonar la peligrosa zona de guerra en la que me había criado, hice todo lo necesario para conseguirlo. Mentí a los mentirosos, estafé a los estafadores y me catapulté a mí mismo bien lejos de mis humildes orígenes. Diez años había necesitado para doblegar la voluntad de Dermot Fitzalan, pero en ningún momento me había temblado el pulso.

Había querido la sangre de los Fitzalan. Todo el aristocrático esplendor asociado a aquella familia. Lo había querido todo. Aún lo quería.

Pero también quería a Imogen.

Capítulo 5

Imogen

No sabía muy bien cómo debía marchar una boda.

Ignoraba cómo eran las bodas en las que la gente tenía libertad para casarse, pero la mía no era exactamente el festival de emociones y dulces sonrisas que habría podido esperar si me guiaba por las que aparecían publicitadas en tantos sitios de Internet. O por las informaciones de mis antiguas compañeras del convento, cuyas despampanantes nupcias habían aparecido en las revistas de sociedad de todo el mundo y, como tales, habían resultado demasiado vulgares para que mi padre me permitiera asistir a ellas. Tampoco yo me había esperado lo contrario, por cierto.

Me habían llevado a los aposentos de mi padre, después de una larga tarde y de una mañana aún más larga dedicada a lo que una de las doncellas había denominado eufemísticamente «arreglarme». En su salón privado, mi padre se había dignado a interrumpir su desayuno y bajar el periódico para contemplar mejor mi apariencia. Durante mucho rato.

Las doncellas a las que había encargado la tarea habían cumplido con su deber. Me habían sacado brillo hasta parecer que relampagueaba. Pero el verdadero mérito era mi pelo. Me lo habían estirado una y otra vez, me habían aplicado productos, lo habían planchado y cepillado hasta la saciedad. Finalmente, como si no hubieran confiado demasiado en su éxito, me lo habían recogido en un apretado y doloroso moño, el mismo que le quedaba tan elegante a mi hermana.

Habían necesitado horas para eso, de modo que yo me sentía como si hubiera recibido una paliza.

–Veo ahora que debería haberte hecho entrar en vereda mucho antes –comentó mi padre con tono sarcástico–. ¿Cómo has podido vagar por la casa durante tanto tiempo en tu habitual estado de desaliño cuando era posible que ofrecieras este aspecto?

–Bueno, la verdad es que ha costado horas –repuse incómoda. Me dolía el cuero cabelludo, y el movimiento que hice con la mandíbula para hablar lo empeoró aún más.

–Y sin embargo juzgabas que ni el honor ni la reputación de tu familia justificaban tener que emplear esas pocas horas de tu vida –mi padre desvió la mirada hacia la doncella que estaba a mi lado, despachándome con un gesto–. Procura que no se desarregle. No quiero ni un pelo fuera de su lugar durante la ceremonia, ¿entendido?

–Por supuesto, señor –murmuró la joven, sin mirarme tampoco.

Porque lo que yo pudiera pensar al respecto no contaba. Para nadie.

Cuando me escoltaron de vuelta a mis aposentos, los encontré bullendo de actividad. Un grupo de criadas se dedicó a hacer mis maletas mientras el otro se ocupaba de vestirme, sin que nadie me preguntara mi opinión al respecto. Dejé que me pusieran el vestido de novia que había elegido mi padre sin consultarme, por el que había pagado una fortuna en tanto que público anuncio de su poder.

Pero también Javier debía de haber pagado una fortuna por aquella boda, pensé yo. Así que se suponía que él también debía de esperar ver justificado su dinero en forma de una novia que luciera perfecta.

Una vez que terminaron de vestirme con metros y metros de gasa blanca y pedrería, las doncellas me sentaron en el banco que había al pie de mi cama y me ordenaron que no me moviera. Seguía allí sentada, toda tensa, cuando apareció Celeste.

Suspiré cuando la vi entrar en la habitación. Celeste estaba tan bella como siempre, con un aspecto tan inmaculado que parecía como si no hubiera necesitado de varias horas de arreglo y de un ejército de doncellas para conseguirlo. El blanco de su vestido resaltaba aún más su belleza rubia.

–Se supone que yo soy la novia, pero creo que todo el mundo se pensará que eres tú –le dije, sonriendo.

Ella me devolvió la sonrisa, aunque no de inmediato.

–Has despertado la curiosidad de los invitados –me dijo con un tono tan ligero y tan feliz que yo me olvidé del tiempo que había tardado en sonreírme–. Qué misterioso, lo de esconderte la noche antes de tu boda. ¿Qué has estado haciendo? ¿Rezando? –sacudió la cabeza como si yo fuera una estúpida y desesperante criatura–. Espero que no hayas estado repitiendo la absurda letanía de ayer.

–He estado disfrutando de una sesión forzada de tratamiento de belleza, cortesía de nuestro padre –alcé una mano para que pudiera admirar mi manicura. No era la primera vez que me la hacían, por supuesto, pero el servicio había hecho algo más que recortar mis deterioradas uñas. Las que lucía en ese momento rivalizaban en longitud y elegancia con las de mi hermana–. No tenía idea de que estas cosas pudieran llegar a ser tan engorrosas.

–Una boda es el último día en el que una muchacha

como tú debería parecer una especie de chicazo, Imogen —comentó Celeste con una de sus despreocupadas carcajadas que me sonaban tan extrañas. Me dije a mí misma que la culpa la tenía mi postura tan poco natural, como si fuera un inerte maniquí—. Pero no te preocupes. Yo puedo ver tu verdadero ser. Un poco de maquillaje y unas uñas bonitas no cambian lo que en realidad eres.

Eso debería haberme arrancado una sonrisa. Pero, por alguna razón, en lugar de ello, aquellas palabras me hirieron como si tuvieran filo. Un filo en el que me descubrí pensando quizá demasiado mientras ella hablaba con las doncellas para fijar el momento en que tendrían que guiarme hasta mi destino. Porque una vez que empecé a pensar esas cosas, todo lo que podía ver parecía tener filos, aristas. Celeste estaba hermosa, por supuesto, pero parecía extrañamente tensa y contenida.

Para cuando volvió a mi lado, de nuevo le costó dirigirme una sonrisa. Yo no dejé que eso me afectara esa vez, y pude ver que al margen del movimiento de sus labios, aquella sonrisa no llegó hasta sus ojos. Me dio un vuelco el estómago.

No pronuncié sin embargo una palabra cuando me ordenó levantarme. Porque solo tenía una hermana. Era el único familiar directo que me quedaba, aparte de mi padre.

—¿Has visto al novio? —le pregunté al tiempo que la tomaba del brazo para que me guiara hacia la puerta, con paso firme y decidido—. Espero que no haya cambiado de idea.

Estaba de broma, por supuesto. Y sin embargo la mirada que me lanzó Celeste fue… rara. Como si de alguna manera la hubiera ofendido.

—Una cosa que deberías saber sobre Javier, Imogen, es que nunca cambia de idea —me dijo sin el habitual rastro de diversión en su voz–. Jamás. Cuando se empeña en algo, nada lo detiene.

Aquello me provocó un nudo en el estómago, pero no le pregunté al respecto. Además, todavía podía sentir el eco de las caricias de Javier. Me había besado. Había conseguido removerme completamente por dentro sin que pareciera en absoluto afectado. Mientras que yo me derretía solo de pensar en él.

Intenté disimular el tembloroso suspiro que escapó de mis labios, pero la cortante mirada que me lanzó Celeste me confirmó que no había logrado engañarla. De repente, sin embargo, su actitud hacia mí pareció suavizarse. Otro detalle en el que opté por no profundizar.

El salón principal de la mansión se había convertido en un elegante salón de bodas. Mi padre me estaba esperando en la puerta. Me barrió con una mirada crítica cuando Celeste me entregó a él, para retroceder enseguida.

–Acabemos rápido con esto –gruñó–. Antes de que vuelvas a tu antiguo ser.

Sin mayor preámbulo, ordenó con un gesto a los sirvientes que abrieran las puertas de par en par. Y, tomándome del brazo, empezó a marchar conmigo por el centro del salón.

Yo había soñado con aquello, en realidad. Una boda. Mi boda. Había pasado años imaginándome lo que sentiría. Lo que haría. Lo mágico que sería todo, aunque fuera la realización del más estricto de los deberes. Pero «mágico» no fue la palabra que acudió a mi mente ese día. Contemplé a la multitud de gente que, según mi padre, era la más importante del mundo: todos aquellos caballeros de mirada codiciosa con aquellas altivas damas que habían llevado consigo como si fueran trofeos. Los miembros de mi propia extensa familia, aquellos primos y parientes lejanos que yo ni siquiera reconocía, todos demasiado impresionados con ellos mismos.

Sí, era muy poca la magia que había en aquel salón aquel día. Y quizá yo fuera la decepcionante criatura que todo el mundo parecía pensar que era, porque la ausencia de aquella magia me sorprendía. Seguramente me había imaginado que porque me había vestido así para representar el papel de novia de cuento de hadas, todo el mundo iba a participar de ese ambiente. Pero no. Los invitados me miraban como si no fuera más que un simple trozo de carne.

Me estaba esforzando por no dejar traslucir ninguno de esos pensamientos cuando mi mirada se posó, al fin, en el altar que mi padre había mandado colocar en la cabecera del salón, entre las mesas… y en el hombre que allí me estaba esperando. Y fue entonces cuando de pronto, simplemente, todo desapareció.

Cada vez que lo veía, me quedaba anonadada. Esa vez fue peor que antes, no solo porque sintiera su impacto en tantas zonas distintas de mi cuerpo. Sentía los senos pesados. Tenía un nudo en el estómago. Y la entrepierna sensible y ardiente a la vez.

Algo en mi interior pareció reverberar. Como una canción. Me olvidé de aquella multitud de mercenarios y de esnobs. Me olvidé del extraño comportamiento de mi hermana, todo filos y aristas cuando había esperado un mínimo apoyo fraternal. Hasta me olvidé de mi padre, que aferraba mi brazo como si tuviera intención de lanzarme por la ventana más cercana.

Nada de aquello me importaba. No mientras Javier me contemplara como lo estaba haciendo conforme me acercaba a él, vestida para él, con la mirada brillante. Como si me hubiera ordenado que hiciera todo aquello por la simple razón de que le agradaba. Como si aquello no fuera más que un acto de obediencia.

No sabía por qué aquella palabra me sobresaltó tanto. Como un dulce y leve estremecimiento que me llegara hasta lo más hondo, penetrando en lugares que ni siquiera sabía que existían. Precisamente porque nunca antes había querido obedecer a nadie. A mi padre. A las monjas. A los sirvientes y doncellas, que más que eso eran carceleros de mi prisión. Ese era el problema con la forma en que me estaba mirando Javier. Aquella luz de sus ojos oscuros me hacía imaginar el tipo de obediencia que yo podría escoger darle. Aquella leve curva de sus labios me hacía maravillarme de lo que él podría ofrecerme a cambio.

Llegamos por fin ante el altar y mi padre, tenso, me entregó a Javier, como si no quisiera perder más tiempo. «Mi destino», pensé yo cuando las manos de Javier se cerraron sobre las mías.

Aquel monstruo que esperaba fuera un hombre de verdad, alguien sensible tras su duro exterior. Un hombre que sabía sin la menor duda que muy pronto estaría dentro de mí. Apenas escuché una palabra de la ceremonia. Nada de todo aquello me parecía real. Era como un sueño hasta que Javier deslizó en mi dedo la pesada alianza de oro, como si fuera un ancla.

–Puede besar a la novia –dijo de repente el sacerdote con severa indiferencia.

Pero a mí no me importaba lo que pudiera pensar aquel clérigo al que seguramente no volvería a ver más. Porque Javier me estaba atrayendo hacia sí con la misma fácil confianza que mi cuerpo recordaba demasiado bien, inclinando la cabeza…

Y me vi asaltada por el pánico. ¿Realmente quería él hacer eso allí? ¿Y si yo reaccionaba de la misma manera que lo había hecho el día anterior? Allí mismo, delante de todo el mundo… Con mi padre viendo cómo me excitaba y lo avergonzaba… Me estremecí solo de pensarlo. Y vi que la cruel boca de Javier se curvaba ligeramente, como si se estuviera riendo de mí.

—Sé fuerte, Imogen —me ordenó—. Solo tendrás que esperar un poco más antes de que abandonemos esta casa y estés enteramente en mis manos.

—Ese no es precisamente un pensamiento muy relajante —murmuré a modo de respuesta.

Su sonrisa se amplió. Y de repente reclamó mi boca con tanto ímpetu que me flaquearon las rodillas. No me dio cuartel. No le importó que estuviéramos en público. Al instante resultó claro para mí que a Javier no le importaba quién pudiera verme temblar en sus brazos.

Y, cuando por fin alzó la cabeza, no había equívoco posible: estaba sonriendo. Eso fue lo que más me impresionó mientras los invitados aplaudían débilmente y los sirvientes se disponían a servir el banquete. Aquella viril, implacable, profundamente satisfecha sonrisa.

Esperaba que me dejaría sola para ir a hacer la ronda de invitados, y charlar brevemente de algún que otro negocio con algunos de ellos. Por lo que sabía, era lo que esperaban de él. Pero, en lugar de ello, se quedó conmigo. Y tan cerca que hasta podía sentir el calor de su cuerpo.

Aquel calor penetraba bajo mi piel, se me filtraba dentro de los huesos, como si fuera aquel restaurador baño que anoche no había llegado a disfrutar. Aunque no tenía que observarlo de cerca, al hombre con quien me había casado, para saber que, al contrario de un buen baño, nada tenía de relajante. Era algo completamente distinto.

—¿Tienes hambre? —me preguntó.

Encontré la pregunta quizá más inquietante de lo debido. Me arriesgué a mirarlo, experimentando un estremecimiento que volvió a debilitarme las rodillas. Porque su mirada era tan directa, tan oscura y desafiante…

–No –logré pronunciar–. En absoluto.

–Entonces no veo razón alguna para que participemos en este circo.

No procesé de inmediato lo que había dicho, porque me había rodeado la cintura con un brazo. Un brazo duro y pesado, todo músculo, poderoso, y yo… me sentía flotar. No oía más que un sordo zumbido en mi cabeza, con aquel estremecimiento que se convirtió en fiebre, una fiebre que me recorrió por completo hasta que pensé que el ardor que sentía entre mis piernas se hacía visible.

Pero volví a la realidad de golpe cuando Javier me llevó directamente ante mi padre.

–Fitzalan –lo saludó con tono cortante–. Seguro que querrá despedirse de su hija.

Mi padre ahogó una exclamación, todo indignado. Miró fijamente a Javier, que le sostuvo la mirada.

–Me temo que no le entiendo –repuso mi padre con el mismo tono distante y desdeñoso que utilizaba con los criados.

Yo me había quedado muda. Y el brazo de Javier seguía en torno a mi cintura. No podía pensar en otra cosa. Desvié la mirada y de repente tropecé con la de Celeste. Estaba sentada a una de las mesas junto a su marido, al que no parecía prestar atención alguna mientras conversaba con un grupo de nobles tan ancianos como él. Tan bella como siempre, sin un solo cabello fuera de su sitio. Pero fue su expresión la que me sorprendió. Parecía… amargada.

Y no estaba mirando al conde. Ni a mi padre. Ni siquiera a mí. Estaba mirando a Javier.

No tuve tiempo de procesar aquello, porque Javier se estaba moviendo de nuevo, alejándose de mi padre y no dejándome otra opción que apresurarme a seguirlo o quedarme atrás. O, mejor dicho, dejarme arrastrar.

–¿Vamos a abandonar nuestro banquete nupcial?

–Así es.

–No sabía que estuviera permitido.

Me quedé sin aliento cuando se detuvo de golpe, al otro lado de la doble puerta que llevaba al salón. Porque de repente estábamos solos, fuera de la gran estancia que según mi padre había acogido a la aristocracia de toda Europa. Fue un cambio radical después de que nos hubiera visto todo el mundo. Y más todavía porque, de repente, era aún más consciente de lo… difícil que era estar al lado de aquel hombre.

Me sudaban las manos. Y me acometió un horrible y traicionero rubor, acompañado de un ardor en los lugares más vergonzantes.

–Escúchame atentamente, Imogen –me dijo Javier con tono severo–. Ahora eres mi esposa. ¿Entiendes lo que quiere decir eso?

–Creo que sí –respondí con el corazón acelerado.

–Claramente no –alzó una mano para acariciar la brillante superficie de mi elegante moño, al tiempo que esbozaba una mueca–. Este pelo… –gruñó–. ¿Qué te han hecho? Prefiero tus rizos.

Parpadeé varias veces al escuchar aquello, consciente de que, si no me hubiera estado tocando, habría pensado que estaba soñando. A nadie le gustaban mis rizos. Ni siquiera a mí. Sobre todo a mí.

–Mi padre –logré pronunciar pese a mi confusión–. Tiene ideas muy concretas sobre el aspecto que debe presentar una heredera Fitzalan.

Javier dejó caer la mano, pero solo para tomar la mía. La misma en la que había deslizado la pesada alianza de oro a la que seguro nunca me acostumbraría. Miró el anillo por un momento, y alzó luego la vista a la zona de mi brazo donde mi padre me había agarrado con fuerza el día anterior. Mis doncellas habían hecho todo lo posible por cubrir las marcas, pero estaba segura de que él podía verlas, estando tan cerca.

Un duro gesto se dibujó en su boca. Su mirada, cuando la clavó en mi rostro, me arrancó un estremecimiento.

—Tu nueva vida comienza ahora —me dijo con el mismo tono hosco—. Ya no eres una heredera Fitzalan, sino una esposa Dos Santos. Ya no necesitas preocuparte por las ocurrencias de tu padre. No importa ya lo que le guste o no le guste, lo que quiera o lo que te permita —me acarició la mano entre las suyas, casi distraídamente—. Ya no hay leyes, ni jefes. Estás por encima de todo eso.

—¿Por encima…? —repetí, cautivada por la intensidad de su mirada así como por la manera en que me acariciaba los dedos, abrigándome la mano entre las suyas.

—Eres mía. Y esto, Imogen, es el principio y el final de todo cuanto necesitas saber a partir de este momento.

Capítulo 6

Javier

Me moría de ganas de abandonar aquella vieja montaña de piedras autosatisfechas, con sus igualmente engreídos habitantes.

Habríamos podido quedarnos durante lo que habría sido un interminable banquete nupcial, por supuesto. Habría podido resignarme a seguir soportando aquella actitud condescendiente. Habría podido quedarme en el salón, decidido a no sentirme ofendido por los altivos y desdeñosos comentarios lanzados en mi dirección. A fingir no ver la manera en que me miraba Celeste, como si todavía creyera que yo había malgastado todos esos años y todo ese tiempo suspirando por ella, cuando ella ya había hecho su elección. Pero no le veía sentido a aquellos juegos. Ya tenía lo que quería.

Ya había ganado. Una heredera Fitzalan llevaba mi anillo tal y como le había asegurado a Dermot que ocurriría algún día. Nada más importaba.

Que Dermot Fitzalan hubiera lastimado a su hija, tal como demostraban las marcas de su brazo, no me sorprendía. Los hombres como él hacían ostentación de su poder de todas las maneras posibles. Pero no era ese el momento de dejarse llevar por la rabia que corría por mis venas. Porque, si lo hacía, temía acabar tirando abajo aquellos muros de piedra.

Además, no sabía muy bien qué hacer con el hecho

de que Imogen estuviera tan acostumbrada al violento comportamiento de su padre que no solo no había hecho ningún comentario al respecto, sino que tampoco parecía especialmente acobardada.

La tomé de la mano y me dirigí hacia el gran vestíbulo, ordenando sobre la marcha a los sirvientes que me llevaran mi coche. Una cosa que los Fitzalan siempre hacían bien era instruir bien al servicio, así que no me sorprendió encontrar mi deportivo esperando nada más abandonar la casa, más otro vehículo con todo nuestro equipaje.

Había dejado instrucciones claras al respecto, pero, aunque no lo hubiera hecho, las pertenencias de Imogen nunca habrían cabido en mi deportivo. La guie hasta el vehículo, que era una obra de arte, y me senté al volante. Me gustó ver cómo las faldas de su vestido de novia desbordaban el asiento de fina piel, amenazando con enterrarnos a ambos en un mar de encajes.

No me habría importado que eso hubiera ocurrido. Me gustaba el vestido de la misma forma que me gustaba la alianza que le había puesto en el dedo. Me gustaban los signos, los emblemas. Me gustaba la visión de una heredera Fitzalan a mi lado, vestida de blanco y con mi anillo en su dedo. Me gustaba ver los rostros asomados a las ventanas de la mansión, consciente de la expectación generada.

Había conquistado una gran victoria y, por muy desdeñosos que se mostraran conmigo, aquellos estirados aristócratas lo sabían. De hecho, cuanto más altivos se mostraran conmigo, más conscientes probablemente serían de que los había superado con creces gracias a mi dinero. Yo era un don nadie procedente del arroyo, y sin embargo eran ellos los que tenían que prosternarse ante mí. Eran como fantasmas aferrados a un pasado que muy pocos recordaban ya.

Pero yo tenía memoria. Y había hecho lo imperdonable. Había utilizado todo mi asqueroso dinero para abrirme un hueco en su pequeño y exquisito círculo. Me había atrevido a creerme su igual. Nunca me aceptarían. Pero tampoco yo necesitaba su aceptación.

Tenía lo que quería. El pasado en la figura de la encantadora aristócrata que estaba sentada a mi lado, y el futuro que construiríamos juntos con mi influencia. Abandonamos a toda velocidad la mansión de los Fitzalan. Mientras conducía, la mitad de mi atención estaba en Imogen, alejándose por momentos del hogar de su infancia. Habría sido lógico que sintiera una cierta trepidación. O una mínima emoción.

Pero Imogen no miró hacia atrás en ningún momento.

Llegamos en un tiempo récord a la pista donde nos esperaba mi avión. Estaba como excitado, lleno de energía, sobre todo después de aquellos lúgubres días que había pasado encerrado con aquellos vejestorios. Era en Imogen en quien seguía concentrado cuando bajamos del coche al pie del avión, no en los decrépitos representantes de la que antaño había sido una de las más poderosas familias de Europa.

–Parece como si hubieras visto a un fantasma –le dije mientras la ayudaba a bajar del coche–. ¿Echas de menos a tu madre, quizá?

Estaba algo pálida. Cuando la miré de cerca, distinguí un brillo en sus ojos cobrizos.

–Todos los días echo de menos a mi madre. No, es por lo rápido que hemos llegado.

Era la misma voz recatada que había usado durante la ceremonia. La misma que me hacía preguntarme si la criatura medio salvaje que el día anterior se había presentado en mis aposentos no había sido más que un producto de mi calenturienta imaginación.

—Creo que me gustan los deportivos –sonrió.

Fue como si aquella frase reverberara directamente en mi sexo.

—Me alegro.

Vi que acariciaba ligeramente, con la punta de los dedos, el elegante y sensual morro del vehículo, para retirarlos de pronto con una sonrisa culpable.

—Disculpa. No debería haberlo tocado.

—Puedes tocarlo todo lo que quieras.

—Oh. ¿Seguro? Yo pensaba que la mayoría de los hombres se mostraban muy quisquillosos con esas cosas.

—Quizá depende de cómo deseen que los toquen –repuse con una diversión que no me tomé la molestia de ocultar.

Vi que cerraba el puño, y tragué saliva cuando mi mirada viajó por sí sola a aquel elegante cuello que tanto anhelaba saborear. Cuando sus ojos volvieron a encontrarse con los míos, parecía casi… azorada.

—Eh… ¿todavía estamos hablando de tu coche o…?

Me sonreí.

—Como quieras.

—Creo que es posible que ayer te llevaras una idea equivocada de mí –dijo de corrido, apresurada–. La verdad es que no sé por qué fui a tus habitaciones. Y ciertamente no era mi intención…

—No nos faltará precisamente tiempo para revivir lo que ocurrió en mis habitaciones –le dije–. No pasaré un solo detalle por alto, te lo aseguro.

Parecía nerviosa, y otro hombre se habría esforzado por hacer que se sintiera cómoda. Pero yo era lo suficientemente canalla como para disfrutar con su incomodidad.

—Oh. Bueno. Quiero decir que tal vez sacaste cierta conclusión…

Se interrumpió cuando yo volví a tomarle la mano, y eso me gustó. Me gustaba ver el latido salvaje de su pulso en la base de su cuello. Me gustaba el calor de su mano en la mía y la tersura de sus dedos enlazados con los míos.

Anhelaba entrar en ella tanto como respirar. La quería debajo de mi cuerpo, encima. La quería en todas las posiciones imaginables, y yo era un hombre muy imaginativo. Pero la habían convertido en una desconocida con todo aquel maquillaje y aquellos cambios en el pelo.

–Había pensado en saltar directamente al dulce gozo de la consumación –le dije mientras la guiaba hasta la escalerilla del avión.

En aquel preciso momento tomé una decisión repentina. Mi primera intención había sido llevarla a mi apartamento de Barcelona. No era realmente mi verdadero hogar, pero me había parecido más doméstico e íntimo que otras propiedades que tenía. Pero ella era exquisitamente ingenua y era mía. Tenía marcas en el brazo y la habían vuelto irreconocible con aquel maquillaje y con aquel pelo. Y yo anhelaba cosas que ni siquiera podía nombrar. Siguiendo un incomprensible impulso, decidí llevármela a mi casa.

–No será un vuelo muy largo, te lo aseguro –sabía que mi voz sonaba tensa y extraña. Sabía que era porque había tomado una decisión trascendental, dado que yo era la única persona que tenía normalmente acceso a mi isla–. Aun así, habrá tiempo suficiente para que puedas disfrutar de las primicias de esta boda.

Pude sentirla temblar. Era otra muestra de aquellos nervios que me inflamaban por dentro. Porque me gustaba su temblor, su trepidación. Y sabía que no tenía demasiada experiencia en aquellas cosas, al margen de con quién hubiera estado antes.

Ella era mía. Y el pensamiento de que otro hombre le hubiera puesto la mano encima me sublevaba. Pero no tenía por costumbre exteriorizar mis emociones. Ante nadie. Ni siquiera ante mí mismo, si podía evitarlo.

–¿Tienes alguna objeción al lecho matrimonial? –le pregunté, cediéndole el paso para que subiera primero al avión. Incluso intenté mantener un tono de naturalidad.

No podía ver su cara en aquel momento. Pero sí que vi la manera en que se quedó paralizada. Y la fuerza con que se agarraba a la barandilla. Se había echado a temblar. Otra vez.

–No tengo ninguna –respondió sin volver la cabeza, con una voz que no parecía la suya. Como si los nervios le estuvieran apretando la garganta.

Esperé a que subiéramos al avión. Informé brevemente al capitán sobre el cambio en la ruta de vuelo, y, cuando volví a la elegante zona del salón, fue para descubrir a Imogen sentada en uno de los sofás de cuero, toda formal y recatada, vestida todavía de blanco.

Me senté en el sofá de enfrente, estirando las piernas de manera que pudiera tocar las de ella, y esperé a ver si se apartaba o hacía algún gesto de incomodidad. Porque era una muchacha educada para cumplir con sus obligaciones, y se me ocurrió pensar que tal vez pudiera considerar el lecho conyugal como una de esas pesadas tareas. No me pregunté a mí mismo por qué, precisamente, esa posibilidad me resultaba tan sumamente desagradable.

Interpreté como una gran victoria el detalle de que soltara un leve suspiro y se quedara inmóvil, en lugar de apartar las piernas de las mías. El rubor que asomó a su rostro me confirmó que era consciente de ello.

–Parece que han dedicado buena parte del día a convertirte en un maniquí –comenté al cabo de un largo silencio–. Por mí no lo han hecho, desde luego. ¿Es este el aspecto que prefieres?

Se tomó su tiempo en alzar la mirada hasta la mía y, cuando lo hizo, sus ojos eran fríos.

–Mi padre es muy estricto con su reputación. Te has casado con la decepcionante benjamina de los Fitzalan, quien, me avergüenza decirlo, necesita el concurso de un batallón de sirvientas para ofrecer un aspecto presentable. Suponía que lo sabías.

No me parecía precisamente muy avergonzada. Yo la habría descrito más bien como levemente desafiante por debajo de toda aquella compostura.

–Recuerda lo que te dije, por favor. La única decepción de la que necesitas preocuparte es la mía. Y yo no estoy en absoluto decepcionado.

Vi que se esforzaba por no hacer gesto alguno. Cortés y compuesta. Sin embargo, había una emoción en sus ojos color cobre que yo no conseguía descifrar.

–Mi padre no comparte tu gusto, según parece. Él insistió en que, por primera vez en mi vida, representara apropiadamente a la familia –alzó una mano y se atusó aquel casco de moño que lucía todo rígido–. El nudo del conflicto era, como siempre, mi pelo. Ofende a mi padre. Lleva años pensando que mi rizado natural responde al objetivo expreso de desafiarlo.

La estudié mientras el avión se disponía a despegar. Poseía la elegancia por la que yo siempre había suspirado. La joya de mi colección. Todos los invitados que aquel día se habían referido a ella como la menos agraciada de las hermanas Fitzalan no habían podido estar más equivocados. Parecía talmente lo que era: la encantadora hija de un hombre extraordinariamente rico y poderoso que había sido educada para adornarse con impresionantes vestidos y joyas. Una mujer con una

función puramente decorativa y objeto además de envi-
dia, de pedigrí de sangre azul. Parecía perfecta, ciertamente.

Pero no era Imogen. No era mi quijotesca novia, que
cargaba contra molinos de viento con su sonrisa y con
el irreprimible espíritu de sus rizos color rojo fuego.
Me pregunté cómo habría contemplado la visión que en
ese momento tenía delante si no hubiera visto a la verdadera Imogen del día anterior. ¿Me habría quedado
satisfecho con aquella versión de mi novia Fitzalan?
¿Habría aceptado aquella elegante versión suya, sin filos ni aristas? ¿Habría anhelado enterrarme a fondo en
ella, reclamando su tierna carne?

No podía responder a eso. Pero sí sabía una cosa: la
mujer que estaba sentada ante mí se parecía demasiado
a su hermana. Y yo deseaba a la Imogen que no se ase-
mejaba en nada a Celeste.

—Dices que no te he decepcionado —dijo Imogen
cuando el avión se elevaba ya en el aire, virando hacia el
Sur para atravesar Francia, rumbo a Mallorca, en las Is-
las Baleares—. Y te lo agradezco. Pero ahora mismo me
estás mirando como si fuera la imagen misma de la decepción que mi padre siempre me ha repetido que soy.

—Si te estoy mirando con tanta fijeza es porque no te
pareces en absoluto a quien eres de verdad.

—¿Eres un experto, entonces?

—Te conocí antes de la boda, Imogen. A lo mejor te
has olvidado de ese detalle.

Volvió a ruborizarse, diciéndome claramente que no
se había olvidado de nada de lo ocurrido el día anterior.
Como tampoco yo.

—No sé por qué piensas que la imagen que te llevaste
de mí ayer era la verdadera. Quizá no fuera más que
otro disfraz. Las numerosas imágenes de Imogen Fitzalan.

–Imogen Fitzalan Dos Santos –la corregí con un tono de suave firmeza–. ¿Piensas mantener este disfraz de hoy?

–No creo. Se necesitó mucho tiempo para ello. Y un ejército de doncellas.

–Ya.

Me quedé donde estaba, apoyados los brazos en el respaldo del sofá. No me atrevía a moverme, porque, si lo hacía, estaba seguro de que dejaría de preocuparme de golpe de cuál era la imagen verdadera de Imogen y cuál no. Le pondría las manos encima y allí se acabaría todo. No era un hombre inclinado a reprimirme. Precisamente por eso no entendía muy bien por qué lo estaba haciendo en ese momento.

Sospechaba que la razón tenía algo que ver con aquellas marcas que tenía en el brazo y con las pocas ganas que tenía de convertirme en otro hombre brutal cuyo maltrato tuviera que sufrir. No era eso lo que quería de ella.

En lugar de ello, señalé con la cabeza la parte trasera del avión.

–No tengo interés alguno en reclamar un maniquí –le dije–. Tu equipaje está en una de las cabinas del fondo. Te sugiero que aproveches el viaje para borrar todo rastro de todo… eso que te han hecho –deslicé la mirada por su pelo, por su rostro.

–¿Lo que me han hecho? –repitió Imogen, soltando un sonido que se pareció a una risa, pese a la seriedad de su expresión–. ¿A qué te refieres exactamente? ¿Quieres que me vuelva a deteriorar las uñas? ¿La piel?

–Haz algo con tu pelo –le dije. Me sentía por dentro casi como un… salvaje. Sentía una necesidad y un deseo mezclados con una posesividad que no sabía cómo manejar–. Ese peinado no te sienta bien. Y el maquillaje no me deja ver tus pecas.

–Bueno, creo que tus gustos son un tanto extraños –replicó, excitándome aún más. Acababa de reaparecer la desafiante muchacha que había conocido.

–Lávate el maquillaje –ordené en voz baja–. O lo haré yo mismo, y no creo que lo disfrutes tanto como yo.

Un inequívoco ardor asomó de pronto a sus ojos, por mucho que se esforzó por bajar la mirada para ocultarlo. Por un instante pude sentir las llamas crepitando entre nosotros.

–No será necesario –repuso con la mirada todavía baja–. Bastará simplemente con que me dé una ducha.

Capítulo 7

Javier

La observé marcharse como si fuera una borrosa nube blanca, y me quedé donde estaba hasta que la oí cerrar la puerta de su cabina con un golpe seco, enfático.

Saqué mi móvil para revisar el millón de tareas que requerían inmediatamente mi atención, pero al rato volví a soltarlo sin haber logrado retener nada. Todavía podía sentir la presencia de Imogen. Su sabor estaba ya integrado en mi ser, y quería más. Mucho más.

Aunque acababa de decirle que no iba a ayudarla a quitarse su «disfraz» de novia, había una parte de mi ser, una parte muy grande, que ansiaba desdecirse de mis palabras. Jamás antes se me había ocurrido pensar que la otra hermana Fitzalan acabaría afectándome tanto. Había dado por supuesto que no. Los rumores habían sugerido que era torpe y tímida, nada habituada a la compañía masculina. Yo había esperado una trémula florecilla, que necesitaría paciencia y mano firme.

–Las de sangre más pura siempre pinchan a la hora de la verdad –había comentado uno de los imbéciles invitados a la fiesta de la víspera–. Son un engorro. Lo mejor es hacerles un par de hijos lo antes posible y pasar a perspectivas más tentadoras.

No me lo había dicho directamente. Ni siquiera sabía que el tipo hubiera sido consciente de mi presencia.

Había estado hablando en un corro, perfectamente satisfecho de soltar aquel comentario al lado de la mujer de aspecto triste que debía de ser su esposa. El «engorro» en persona.

Todos los hombres del grupo se habían echado a reír. Al contrario que las mujeres. En aquel momento comprendí cómo funcionaban las cosas en aquellos círculos. Que la desagradable actitud de sumisión de la mujer hacia su marido formaba parte del funcionamiento de aquel mundo. Porque era de tierras y propiedades de lo que se trataba. Herencias. Linaje de sangre. Legados. Así era fácil echarse a dormir y pensar en un cómodo futuro.

Pero yo no era uno de esos aristócratas de vida fácil. Aquella gente me odiaría siempre porque yo podía tomar lo que quería, reclamarlo como mío, sin que me importara lo que pensaran los demás. Yo no necesitaba que mi esposa fuera mi socia de empresa, como sabía que eran algunas mujeres de aquel círculo para sus maridos, comprometidos ambos en asegurar la continuación de la influencia familiar. Yo ya había visto a mis padres venderse demasiadas veces el uno al otro, y a nosotros, como para creer en el amor. Pero, si había una cosa en la que sí sabía que era bueno, y que me enorgullecía practicar, era el sexo.

Había estado seguro de que sexualmente, al menos, sí que podría aportar un poco de magia a mi matrimonio, por muy puritana y reprimida que pudiera ser mi esposa debido a su educación conventual.

Pero eso fue antes de que Imogen se presentara en mis aposentos, para dejarme saborear lo muy dulce, lo muy suave, lo muy ardiente que era… Porque en aquel momento no tenía ya duda alguna de que, al margen de lo que pudiera llegar a haber entre nosotros, siempre tendríamos aquel calor deliciosamente salvaje con todo lo que ello conllevaba. «Contrólate», me ordené. No tenía sentido precipitar las cosas cuando había esperado diez años para llegar hasta allí.

Recogí nuevamente el móvil y me obligué a concentrarme en mi negocio. Para cuando volví a alzar la mirada después de haber resuelto algunas emergencias, habían pasado varias horas. El avión estaba aterrizando.

Y la mujer que salió de la parte trasera para reunirse conmigo era la Imogen que tan bien recordaba. La que quería. Había desaparecido el vestido de novia con todo su impresionante esplendor. En su lugar, la flamante señora Dos Santos lucía otro vestido como el que le había visto el día anterior, cuando la conocí. Un tres cuartos de manga larga y un escote que nadie habría podido calificar de provocativo. Y relucientes botas de cuero.

Pero lo que más llamó mi atención fue el pelo. Su glorioso pelo rizado. Podía ver que todavía estaba húmedo, con un tono más oscuro que el habitual rojo dorado, pero no me importó. No cuando podía ver aquellos rizos que ya consideraba míos y aquellas pecas que salpicaban su nariz.

—Mucho mejor —dije.

—Me alegro de que lo apruebes —repuso ella, y aunque su tono era simplemente cortés, escruté su rostro para ver si podía identificar la inflexión que estaba seguro de haber oído. Miró por la ventanilla—. ¿Dónde estamos?

—Eso es el mar Mediterráneo —respondí, señalando la azul extensión que nos rodeaba—. O más exactamente el mar Balear, entre Menorca y Cerdeña.

Se acercó para volver a sentarse en el sofá frente a mí.

—He visto fotos del Mediterráneo, por supuesto. Pero nunca había estado aquí antes.

—Me había dado la impresión de que habías viajado poco.

–Mi papel hasta ahora ha sido el de simple orna-
mento –reconoció Imogen sin una especial amargura–.
Y no el de viajar por el mundo, coleccionando experiencias. He tenido que conformarme con Internet.

–No me sorprende que tu padre temiera que, si te
marchabas, no volvieses nunca a esa casa.

Imogen me miró entonces con una leve sonrisa de
tristeza en los labios.

–¿Sabes? Nunca he intentado marcharme de allí. No
creo que fuera él quien lo temiera. Puede que no fuera
un modelo de padre, pero era el único que tenía y supongo que eso significaba demasiado para mí.

No sabía por qué me había conmovido tanto aquello. Detestaba ese efecto. Una cosa era disfrutar del
hecho de que compartiéramos una química especial,
incluido el tipo de sexo que seguro disfrutaríamos, y
otra muy diferente experimentar sentimientos. Sobre
todo cuando todos aquellos sentimientos me tentaban a
imaginar cómo podía relacionarme con una muchacha
que se había criado entre algodones, cuando yo nunca
me había sentido protegido de nada. Muy al contrario,
mis padres me habían manipulado a menudo para ven-
der su veneno.

Había aprendido a desconfiar de todo, consciente al
mismo tiempo de que nadie podía confiar en mí.

–Tengo una isla –le informé fríamente, decidido a
ocultar rastro alguno de aquellos sentimientos en mi
voz–. No es muy grande. Pero creo que nos servirá de
sobra.

Imogen desvió la mirada de la azul superficie del
mar para clavarla en mi rostro, y se concentró luego en
el paisaje de la ventanilla. En aquel instante pude ver la
inquietud grabada en su cuerpo, estampada en su piel,
y, sin embargo, en aquella ocasión su angustia no me
excitó tanto como antes.

Lo que no conseguía comprender era por qué le había presentado mi isla con aquellas palabras, cuyo eco pareció quedar suspendido en el aire mientras el avión comenzaba a descender para tomar tierra. ¿Le había dicho que no era muy grande, como restándole importancia? ¿La isla privada que llevaba tanto tiempo usando como mi hogar principal? Era el único lugar del planeta donde podía estar seguro de que nadie pudiera verme, a no ser que yo se lo permitiera, invitándolo expresamente. Cosa que nunca hacía.

Mientras estuve en aquella mansión en compañía del padre de Imogen y de todos aquellos tipos estirados, en ningún momento me había sentido inferior. La simple idea resultaba cómica. Pero, cuando Imogen me miraba, con aquellas pecas al descubierto y aquella melena rizada, suelta porque así se lo había pedido yo, la cosa cambiaba. Y la sensación no era agradable. Aborrecible más bien.

No dije nada mientras desembarcábamos. Mientras bajaba por la escalerilla, Imogen prorrumpió en exclamaciones de admiración. Porque, por supuesto, la isla a la que yo había bautizado como La Angelita, era de una belleza inefable. El mar aparecía de telón de fondo en cualquier punto en que uno posara la mirada. La isla no llegaba a los ocho kilómetros de largo, con las ruinas de una antigua villa en un extremo y unos altos acantilados en el otro, con mi propia versión de lo que era una mansión solariega.

Solo que la mía estaba diseñada para disfrutar de la isla y de su clima, en lugar de esconderme del clima de la Francia septentrional. Había querido espacios abiertos, preciosos patios, paseos porticados y tejados de teja roja de modo que la impresión fuera amplia, diáfana. Nada que ver con los deprimentes bloques de pisos que habían constituido mi hogar a lo largo de mi infancia.

Estaba orgulloso de aquella casa, construida según mis detalladas especificaciones. Se la enseñaba a muy poca gente. Mi propia familia nunca había sido merecedora de una invitación. Era posible, pensé mientras subía al todoterreno que mi plantilla de servicio había dejado al pie del avión, que yo mismo estuviera experimentando un insólito ataque de nervios.

Solo que Javier Dos Santos, el monstruo más temido de Europa, no tenía nervios. Yo no padecía nunca angustia alguna. De haberla padecido, probablemente me habría quedado en la barriada de mi juventud, trabajando durante jornadas interminables. Eso de haber tenido suerte, porque los jóvenes de aquellos barrios raramente la tenían. Por lo general solían acabar muertos como mi padre, víctimas de su propia codicia y de sus circunstancias, comerciando con veneno hasta que eso acababa matándolos de una manera u otra.

–Qué lugar tan precioso –exclamó mi reciente esposa, contemplando maravillada la luz del Mediterráneo y completamente ajena a las sensaciones que me estaba provocando–. ¿Con cuánta frecuencia vienes aquí?

–La Angelita es mi residencia principal.

–Quieres decir que es tu hogar.

Así era como la llamaba, pero solo para mí mismo. La palabra «hogar» poseía demasiadas connotaciones que no deseaba explorar. Demasiados sentimientos.

–Es lo que he dicho.

Su sonrisa se amplió al oír aquello. Lo cual me llenó de inquietud.

Para cuando llegamos a la mansión, extendida a lo largo del punto más alto de la isla en beneficio de las vistas, estaba seguro de haber cometido un terrible error. Debí haberla llevado a Barcelona tal como había planeado, donde habría podido esconderme mejor. Tenía importantes propiedades en las mayores ciudades del mundo, y también en rincones escondidos, de difícil acceso. Había una playa en Nicaragua que llevaba queriendo visitar desde hacía algún tiempo. Un misterioso bosque fluvial en Uganda, un espectacular oasis en Dubái…

Nunca debí haberla llevado allí. Sobre todo cuando, una vez que aparqué frente a la entrada de la villa, mi flamante esposa se volvió para mirarme con los ojos brillantes, como si yo le hubiera hecho un regalo.

–Esto es maravilloso. Temía que me llevaras a algún lugar horrible y sombrío como la mansión de mi padre. Algún sitio serio, frío, con un clima lluvioso, donde tendría que pasarme las horas reflexionando con tristeza sobre mi matrimonio. Esto ya parece muchísimo mejor.

–Nada más lejos de mi intención que provocarte ese tipo de reflexiones.

Ella seguía sonriendo.

–Sospecho que mis reflexiones serán mucho más alegres con todo este sol.

–No sé cómo acostumbras a pasar los días –me sorprendí diciéndole como si estuviera imitando el papel hasta ahora jugado por su padre, siempre tan serio y formal–. Pero lo primero que debes saber sobre tu nueva vida, Imogen, es que yo no soy un hombre ocioso. Mi principal ocupación es no vivir como un parásito de mis propias rentas. Trabajo para vivir. Siempre lo he hecho y, te lo advierto, siempre lo haré.

Esperaba que se sintiera ofendida al oír aquello, pero, muy al contrario, me miró con expresión pensativa.

–¿Significa eso que esperas que yo trabaje también?

La miré ceñudo.

–Por supuesto que no.

–Lástima. Porque es algo que siempre he querido hacer.

–A ver si lo adivino –mi tono era demasiado áspero. No se lo merecía. Pero advertí que ella tampoco parecía reaccionar de una manera particularmente negativa. Era casi como si estuviera tan acostumbrada a que la trataran tan mal que apenas lo percibiera y, ciertamente, tampoco podía decir yo que eso me gustara. Sin embargo, no me contuve–. Llevas tiempo soñando con trabajar en una fábrica, ¿verdad? ¿En hacer jornadas interminables en una fábrica de conservas, quizá? ¿En consumirte en un trabajo monótono y repetitivo, hora tras hora? O mejor aún, ¿preferirías trabajar en el campo, al aire libre?

–Te estás burlando de mí, claro –dijo ella con una voz tan calmada que algo que no había sentido en mucho tiempo se removió dentro de mí: vergüenza. Había dejado de sentirla desde que quemé todos los puentes que me unían a mi padre y utilicé el fuego para propulsarme fuera de aquel mundo, para siempre.

–Aunque te dijera que te pusieras a trabajar mañana mismo, ¿qué podrías hacer? ¿Qué es lo que sabes hacer? –le pregunté, incapaz de detenerme. Ni siquiera sabía por qué estaba tan enfadado–. Según has reconocido tú misma, has sido instruida para convertirte en un discreto y elegante objeto decorativo, nada más.

Ella no dijo nada por un momento y, de pronto, fui consciente de que seguíamos sentados en el todoterreno como si estuviéramos congelados. El sol bañaba su rostro, resaltando sus pecas y arrancando reflejos a sus rizos. Me dolía la mandíbula de la fuerza con que la estaba apretando.

–Soy muy consciente de mis limitaciones. Más de lo que tú podrías serlo nunca –reconoció en voz baja con una dignidad que me afectó como una bofetada–. Sé que no hay posibilidad de que me vea algún día trabajando en una fábrica. Pero quizá sí que pueda contribuir en algo al bienestar de aquellos que sí lo hacen. Se supone que ser rica y privilegiada tiene sus ventajas. ¿Tan malo sería que intentara utilizarlas para bien?

Ignoraba lo que habría hecho si me hubiera quedado allí, encerrado en el todoterreno. Como si me hubiera encerrado yo mismo en una jaula y no pudiera salir de ella. Bajé precipitadamente del vehículo y rodeé el morro, sin dejar de mirar ceñudo a Imogen.

Abrí la puerta y le tomé la mano para ayudarla a bajar, caballerosamente. Porque tal vez ella fuera consciente de sus limitaciones, pero yo también había estudiado a fondo las mías. De todas las cosas que habrían podido interponerse en mi camino para entrar en el mundo que había elegido habitar, las buenas maneras nunca habían sido una de ellas. Sabía qué tenedor usar. Cómo dirigirme a cualquier interlocutor. Cómo hacerme el maldito nudo de la corbata. Eso era lo que había hecho con el dinero sucio que le robé a mi padre cuando abandoné su particular antro de iniquidad. Había aprendido a aparentar ser el hombre en el que había querido convertirme. Y luego me había convertido en él.

Sabía que, en los lugares que frecuentaba la gente como Imogen, los gestos caballerosos estaban entre los más valorados. La diferencia entre los que los practicaban y yo era que ninguno de ellos tenía el menor respeto hacia las mujeres, ya que lo importante era el gesto en sí, y cuanto más público, mejor. Que yo tuviera demasiado respeto por ellas era precisamente lo que más temía. Llevé a mi esposa a la casa, consciente de aquel impulso primitivo y salvaje que sentía latir en mi interior y que me obligaba a examinarlo a cada paso. Nunca antes había experimentado aquel sentido de posesividad. Y no tenía la menor idea de qué hacer al respecto.

–Supongo que tendrás una biblioteca –me preguntó mientras cruzábamos el primer atrio, bañado por el sol y la brisa del mar.

Podía detectar la esperanza en su voz, así como lo mucho que se había esforzado por ocultarla. Aquello me desgarró. Era como si hubiera descolgado una de las espadas que adornaban las paredes de mi casa para atravesarme con ella. Pensé en los montones de libros suyos que había visto en la biblioteca de su padre, diciéndome cosas sobre ella que no estaba muy seguro de querer saber.

No sabía por qué me sentía así. Como si pudiera verla, leer en su alma, a la vez que revelarle demasiadas cosas sobre mí. Yo no necesitaba que me conocieran. Me gustaba ser un misterio para la gente. Era algo que pretendía activamente, de hecho. Y al mismo tiempo no quería pensar en Imogen viviendo en mi casa de la misma manera que lo había hecho en la de su padre. Refugiándose en escondites como aquella biblioteca, huyendo del ego y de la crueldad de Dermot Fitzalan.

–Sí –respondí, tenso–. Hay una biblioteca. Pero la mayor parte de los libros están en español.

Si esperaba con ello empañar su entusiasmo, fracasé miserablemente. Porque su expresión se iluminó.

–Necesito trabajar mi español. Perfeccionarlo.

Aquello fue ya demasiado. Mi mente se vio repentinamente asaltada por una imagen de Imogen, con sus rizos rojo fuego y aquellos relampagueantes ojos, cerniéndose sobre mí. Desnuda. Y susurrándome sensuales palabras en mi idioma.

No lo pensé entonces. Mis manos se movieron solas. Antes de que pudiera darme cuenta de lo que pasaba, la estaban atrayendo hacia mí.

–Solo hay una palabra que necesitas saber en español, Imogen –incliné la cabeza. Sus labios representaban una tentación inimaginable. Maduros, dulces. Y esa vez sabía lo muy bien que me sabrían–. *Sí*. La única palabra que necesitas aprender es *«sí»*. Sí, marido mío. Sí, Javier. Sí.

Podía sentirla temblar. Pero no era de miedo. Me apoderé de su boca, febril. No me importó que estuviéramos en el atrio de la casa. La plantilla recibía una generosa paga por su discreción. Pero ese fue el último pensamiento que asaltó mi mente.

Me di un festín con ella. Su boca era mía, y yo me había casado con ella. El hecho de que no le hubiera hecho el amor aún era como una tortura.

La alcé en vilo e hice que me rodeara la cintura con las piernas. Sin interrumpir en ningún momento el beso, sujetándola firmemente, me dirigí a la superficie horizontal más cercana, una mesa colocada contra la pared, y la senté en el borde. Mis manos bucearon enseguida bajo su falda con una urgencia que no tenía ningún deseo de dominar.

Seguía besándola, cada vez más profunda y salvajemente con cada caricia. Podía paladear su adictivo sabor. Saborear cada pequeño grito que le nacía en la garganta. Oler el champú y el jabón que había usado para ducharse en mi avión, y que actuaban como irresistibles afrodisíacos.

No quedaba tiempo. La necesidad de poseerla me enloquecía. Era como un redoble de tambor resonando en mi cabeza, en todo mi cuerpo. Enganché los dedos en el encaje que encontré bajo su vestido y lo desgarré. Ella emitió un sonido de sorpresa contra mi boca, pero mis dedos estaban ya en el suave calor de su sexo, y pude sentir cómo se derretía.

Me sentí torpe y desesperado mientras forcejeaba precipitadamente con mi pantalón hasta que pude por fin liberar mi duro miembro. Volví a levantarla, acercando la punta a su ardiente surco. Ladeé la cabeza para profundizar el beso, gozando de su desinhibida reacción y de aquellos gemidos que parecía incapaz de reprimir.

No entendía por qué aquella mujer me afectaba tanto. No entendía las cosas que me hacía sentir. Pero me decía a mí mismo que nada de todo aquello importaba. La aferré de las nalgas para colocarla en posición… y me hundí en ella.

De repente todo cambió. Imogen soltó un grito. Su cuerpo, antes blando y suplicante, se tensó. Fue entonces cuando lo supe.

Se cerraba tanto sobre mí que era casi como un sueño. Y lo supe. Masculé una maldición y ahogué la necesidad que me atronaba por dentro, obligándome a controlarme.

—Eres virgen —murmuré, vagamente sorprendido de que fuera capaz de hablar.

Le brillaban los ojos de lágrimas. Aquellos dulces labios parecían vulnerables. De alguna manera había acabado por cerrar los puños contra mi pecho. Pero, aun así, alzó la barbilla y me sostuvo la mirada, con su cascada de rizos derramándose sobre su hombro cuando se movió. Porque era Imogen.

—Por supuesto que soy virgen —repuso, y aunque su voz era ronca, no había la menor duda sobre su tono de desafío—. Pensaba que era precisamente eso por lo que habías pagado.

Capítulo 8

Imogen

Me dolió.

Oh, cómo me dolió. Había querido decírselo, después de mi actitud de bravuconería en la casa de mi padre. Pero no lo había hecho. Y luego él me había besado, levantándome en brazos, y todo había sido tan apasionante, tan salvaje…

El dolor se estaba atenuando. Pero seguía sintiendo aquella imposible… tensión. Podía sentirlo dentro de mí. Y aquella parte de su cuerpo, según parecía, era tan grande y tan potente como el resto.

–Me dijiste que no eras virgen –la voz de Javier era áspera, tensa. Y sin embargo esa era la menor de mis preocupaciones–. Me dijiste que habías perdido tu inocencia a manos de otro hombre.

Tomé conciencia entonces de lo ridículo de la situación, mientras manteníamos una conversación… así. Medio desnudos y *conectados* de aquella forma. Casi me entraron ganas de llorar. Pero me negaba a derrumbarme delante de él. Me negaba a demostrarle que era la chiquilla sobreprotegida que ya pensaba que era.

Estábamos tan unidos… Quería empujarlo, apartarlo de mí, pese a que continuaba agarrándome del pelo, envolviéndome con su gran cuerpo. Y al mismo tiempo quería acercarme aún más a él, aunque dudaba que eso fuera posible.

Ignoraba por qué no podía recuperar el resuello. Me dije que era por la manera en que continuaba dilatándome, presionándome por dentro. No sabía si era esa sensación o el hecho de verlo lo que me secaba tanto la garganta.

La expresión de Javier era demasiado intensa. Sus ojos oscuros brillaban.

—Este parece ser un momento tan bueno como cualquier otro para decirte que no soporto las mentiras. De cualquier tipo. Nunca. Harías bien en recordarlo, Imogen.

Quise decirle lo que podía hacer con sus advertencias, pero estaba dentro de mí y yo estaba... demasiado expuesta, por decirlo de alguna forma.

—Quería que pensaras que me había acostado con alguien, sí —me corregí, y solté el aliento cuando él se movió, allí abajo, donde más expuesta, sensible y temblorosa me sentía.

No se movió demasiado. Se retiró solo un poco para luego volver a hundirse, y yo me removí dentro del círculo de sus brazos para acomodarlo mejor. Seguía alzándome en vilo, lo que me producía una sensación extraña. Tan fuerte era que podía soportar mi peso sin aparente esfuerzo, con mis piernas enroscadas en torno a su cintura.

Soportaba mi peso con sus manos... y con la otra parte de su ser, según suponía.

Me estaba ruborizando solo de pensarlo cuando él volvió a moverse. Solo un poco. Lo hizo una vez, y otra. Y otra más.

—¿Por qué me dijiste aquello? —me preguntó. No parecía exactamente furioso. Su voz era demasiado vibrante. Demasiado ronca. Como si me estuviera penetrando también con ella—. Nunca tuve intención alguna de hacerte daño, Imogen. Y ahora te lo he hecho. Me pregunto si encaja esto en la historia que tienes en la cabeza sobre mí. La del bárbaro plebeyo que te poseyó como un animal, haciéndote daño, en tu propia noche de bodas.

El aliento se me escapaba. Y él no había dejado de moverse.

—Yo no tengo ninguna historia.

—Ya te he dicho lo que pienso de las mentiras. Dicen que soy un bárbaro, ¿no? Un monstruo. ¿Querías asegurarte de que no hubiera un mentís a eso? ¿Piensas decirles que soy todavía mucho peor de lo que te habías imaginado?

—Yo no sé lo que tú… Yo nunca… Yo no quería que sucediera esto.

Pero no lo tenía tan claro. ¿Estaba segura? Al fin y al cabo, yo no le había contado nada diferente y era la única que conocía la verdad. Si había alguien a quien culpar de mi incomodidad, mucho me temía que ese alguien era yo misma. Tal vez no hubiera tenido mucha experiencia, o ninguna más bien, pero apenas lo había conocido el día anterior y ya me había dejado tocar íntimamente por él a vertiginosa velocidad.

Desde el momento en que me había levantado en vilo nada más entrar en la casa, había sido consciente de lo que pretendía, ¿no? Durante todo el tiempo había sabido a dónde había querido ir a parar.

«Quizá él tenga razón», me susurró una horrible voz interior. «Quizá tú desearas ese dolor».

No supe decir si la oleada de sensaciones que me barrió era de calor o vergüenza, de frustración o de necesidad, y tampoco estaba segura de que me importara. En lugar de ello me moví hacia él, contra él, sumándome a sus movimientos. Y algo cambió entonces. Algo se aflojó un tanto, en lo más profundo de mi ser, así que seguí moviéndome.

Y, esa vez, las salvajes sensaciones que me revolvían por dentro se fundieron de alguna forma con mi tensión, generando un increíble ardor. Algo que pareció reflejarse también en los ojos de Javier.

Me agarró con fuerza. Y luego empezó a moverse rápido. O, más exactamente, a moverme a mí. Me alzó de nuevo para volver a encajarme sobre su falo, y esperó. Le brillaban los ojos.

–No me gusta parecerme a tus estereotipos –murmuró, levantándome para volver a dejarme caer de nuevo. Una vez. Y otra–. Este matrimonio puede y quizá llegue a ser terrible de muchas maneras, esposa mía, pero no porque yo vaya a comportarme como un monstruo. No te maltrataré en la cama. Es lo último que querré hacer nunca mientras esté dentro de ti.

Me alzó de nuevo, me bajó, y cada vez que lo hacía, yo sentía… más. Más ardor. Más sensaciones. Más ansia que parecía anegarme por dentro como una súbita tormenta. Me encajé mejor en él, me apreté mejor, necesitada y maravillada, para poder apretar las puntas de mis pezones contra el duro muro de su pecho.

Lo hice una vez, sin saber por qué, hasta que la enloquecida sensación me arrancó un estremecimiento. Lo repetí, y él se echó a reír. Entonces retomó el ritmo.

Yo habría querido decirle más cosas. Explicarle de alguna manera la decisión que había tomado: por qué no le había dicho que era virgen. Pero no podía concentrarme en nada salvo en el glorioso ardor que sentía dentro de mí. A él. Su grosor, su largura. La manera que tenía de encajarse dentro de mí con tanta perfección, una y otra vez.

Empecé a sentir aquella misma crisis. Empecé a jadear y a convulsionarme. Y durante todo el tiempo él no dejó de aferrarme con pasión, hundiéndose en mí una y otra vez como si no tuviera otro propósito en la vida que aquel. Él. «Nosotros».

Y, cuando finalmente estallé, la sensación me barrió como otra suerte de tormenta, intensa e interminable. Sollocé su nombre, ladeando la cabeza para enterrarla en su cuello. Pero Javier no había terminado. Sentándome sobre la mesa, me colocó de forma que pudiera sostenerme con una mano y apoyarse en la pared con la otra.

Cuando volvió a penetrarme a fondo, comprendí que hasta entonces se había estado conteniendo. Porque aquella vez lo hizo más profundamente. Con mayor fuerza.

Aquello era tan salvaje que no estaba segura de poder sobrevivir. Tan ardiente y glorioso que ni siquiera estaba segura de desearlo. Ya había explotado antes en mil pedazos, pero aquella ferocidad suya volvió a incendiarme por dentro, sacándome de una crisis para arrojarme a otra. Y, en esa ocasión, chillé.

Lo sentí bombear dentro de mí mientras gruñía mi nombre, antes de dejar caer la cabeza sobre la mía. No supe durante cuánto tiempo permanecimos así. Jadeando. Conectados. Y, por mi parte, completamente cambiada.

Pero, al final, Javier se retiró, y yo no entendí cómo pude sentirme tan… vacía. Cuando nunca antes había sabido lo que era estar llena. Lo observé, medio fascinada y medio avergonzada, mientras volvía a ponerse el pantalón. Me ayudó luego a bajarme de la mesa, arreglándome de paso el vestido.

No pronunció una palabra. Estudió mi rostro por un momento y, acto seguido, me guio de la mano. Me sorprendí a mí misma de que fuera capaz de caminar. Me sentía aturdida, mareada. Me hizo pasar a un enorme conjunto de habitaciones que supuse serían las suyas. Y probablemente las mías también, aunque mi cerebro parecía resistirse a la idea, ya que nunca antes había compartido una habitación, o una cama, con nadie. Ig-

noraba cómo funcionaba. Era posible que estuviera
entrando en pánico.

Me obligué a respirar cuando, con una mano en mi
cuello, Javier me hizo entrar en un gigantesco dormitorio de paredes de cristal, altas hasta el techo. En realidad eran puertas correderas. Desde allí me señaló una
serie de deslumbrantes piscinas a diferentes niveles,
cada una reflejando el azul del cielo y del mar que se
extendía al fondo, un paisaje de ensueño después del
frío y gris enero que había pasado en casa de mi padre.
Después de todos los fríos y grises eneros que había
pasado allí. Era como un regalo.

–La piscina de la terraza superior es la más caliente
–me dijo con una inflexión en la voz que no logré descifrar. Oscura. Íntima. Me estremecí–. Ve a bañarte si
quieres.

–No tengo traje de baño –me oí susurrar.

Su mano se tensó en mi cuello, muy levemente. Lo
justo como para apreciar mi estremecimiento.

–No lo necesitas, querida.

No se me pasó por la cabeza desobedecerlo. Abrió la
puerta corredera y yo salí por voluntad propia. La brisa
era cálida, o lo estaba yo, y la aspiré a fondo, profundamente. Me dirigí a la primera piscina, la más alta, y me
quité las botas que parecían demasiado toscas y severas
para la luz mediterránea. Él ya me había quitado antes
la braga, otro detalle en el que no podía pensar sin ruborizarme, así que me despojé del vestido, me desabro-
ché el sujetador y me acerqué al borde de la piscina.
Podía ver el vapor caliente elevándose en el aire. No me
lo pensé dos veces: entré en el agua, suspirando levemente cuando el calor me envolvió.

Solo cuando me senté allí comprendí la verdadera
belleza de aquellas piscinas. Porque desde donde estaba sentada, no podía ver las demás, dispuestas en di-

ferentes terrazas en lo alto del acantilado. Lo único que
podía ver era el mar. Pensé que nunca en toda mi vida
había visto algo tan hermoso. El sol arriba, el mar en
todas partes allá donde posaba la mirada, y el dulce aire
de enero que sospechaba podría parecer frío a aquellos
que estaban habituados a aquel clima.

Cuando Javier se metió en el agua a mi lado, no lo
miré. Tenía miedo de hacerlo, por lo grande y masculino
que era y porque todavía podía sentirlo dentro de mí. Y
también porque sabía que la visión de su cuerpo desnudo, junto a mí, podría… cambiarme.

Permanecimos sentados durante lo que me pareció una
eternidad contemplando aquella interminable lámina azul.
El agua caliente penetraba en mis huesos, o así lo sentía
yo. En ella me sentía blanda, como derretida. Quizá fuera
el sol, inundándonos a los dos y haciéndome sentir todo
tipo de cosas que jamás antes había experimentado.

Me sentía ligera. Aérea casi, como si estuviera hecha
de aquella luz y de aquel agua azul, invadida de su deli-
cioso calor. Como si estuviéramos conectados con las
buganvillas rosas que trepaban por los muros de piedra
de la casa, con las flores de almendro, con el dulce aroma
a jazmín que transportaba la brisa.

–Te has sentido siempre muy sola, ¿verdad? –me preguntó al cabo de un largo rato–. ¿Es por eso por lo que
me ocultaste tu virginidad? ¿Para darme una idea equivocada de tu persona?

Debería haberme sentido avergonzada, pensé. Pero
me sentía demasiado feliz, como suspendida en aquel
azul y en la luz del sol.

–¿Sola en comparación con qué? –me volví para
mirarlo, conteniendo el aliento. Y con mi propio sexo
pulsando de fascinación. Y de deseo–. ¿Qué me dices
de tu vida? No invitaste a familiares ni a amigos a tu
propia boda. ¿Te sientes solo?

Me miró asombrado.

–No.

–Bueno, yo tampoco.

–Me dijiste que echabas de menos a tu madre cada día.

Perdí el aliento, pero me las arreglé para forzar una sonrisa.

–Sí, pero como si no fuera más que una parte de mi cuerpo que perdí hace tiempo. La echo de menos, pero eso no hace que me sienta sola. Solo me recuerda que la quise mucho –y que ella me quiso como nunca mi padre llegó a quererme, pero eso no se lo dije–. Creía que tú también habías perdido a tu padre.

–Así es. Pero no lo echo de menos, Imogen. Si echo de menos a alguien, es al padre que nunca tuve.

No supe durante cuánto tiempo estuvimos mirándonos el uno al otro, en silencio. Solo supe que, de alguna manera, me sentía aún más desnuda que antes. Cuando Javier volvió a moverse, para salir de la piscina, no supe si alegrarme o lamentarlo.

–Ven –me dijo, a mi espalda. Yo me sentía tan saciada de sol como temblorosa y vulnerable, pero obedecí.

No fue hasta que salí de la piscina cuando tomé conciencia de mi desnudez. Había salido del agua tal y como había entrado, completamente desnuda. Me detuve en el borde, paralizada. Pero no tanto por vergüenza, sino por la mirada que él me lanzó.

Javier se había atado una toalla a la cintura. Algo en el contraste entre el blanco de la toalla y su tez morena me hizo sentir un extraño calor por dentro, distinto del que antes había experimentado. Por no hablar de sus ojos, recorriendo mi cuerpo. Pude sentir el calor de su mirada en mis senos, en las curvas de mis caderas.

No habló mientras se aproximaba: simplemente me

envolvió delicadamente en otra toalla con expresión seria, intensa. Aquello me provocó un estremecimiento. El simple gesto de envolverme en una toalla, de retirarme un rizo de la cara, con una especie de serena, solemne ternura. Y después también, cuando me guio hasta una mesa y me invitó a sentarme con exquisita cortesía, para luego hacer una seña a los sirvientes.

No había sido consciente del hambre que tenía hasta que me encontré ante la mesa llena de todo tipo de viandas de la zona. Quesos y aceitunas. Maravillosas ensaladas multicolores. Un pollo sazonado con aromáticas especias. Apenas sabía dónde mirar, qué probar primero.

Aquella comida me parecía parte del sol, del mar. Del propio Javier. Como si no hubiera un solo detalle de aquel mundo nuevo que no fuera rotundamente distinto del que había dejado atrás, del de las rutinas de la casa paterna.

Allí, con Javier, todo constituía una tentación. Sobre todo él. Estaba sentado frente a mí. Su amplio torso desnudo ofrecía un aspecto tan invitador como la comida.

Aquel hombre me había comprado. Se había casado conmigo. Me había sacado de la casa paterna, para luego poseerme en el sentido más amplio del término. Me había sacado de lo gris y de lo lluvioso, para llevarme a la luz. Se recostó en su silla, relajado, y de repente descubrí que verlo comer, de tan maravilloso como era, resultaba un espectáculo casi imposible de soportar. Aquellas manos grandes y fuertes, que tan bien conocía ya. Aquellos dientes que habían mordido suavemente la piel de mi cuello. Se me erizó el vello de los brazos y sentí un estremecimiento a lo largo de toda la espalda solo de ver cómo partía un trozo de pan para mojarlo en el aceite de oliva.

Javier era bello. Áspero y exigente. Duro y hermoso, y yo sabía lo que era tenerlo y sentirlo profundamente enterrado en mi interior. Fue entonces cuando comprendí que nunca volvería a ser la misma. Que había cambiado para siempre, y que aunque todavía no estaba muy segura de lo que eso quería decir, sabía que no habría ya vuelta atrás, que no volvería a ser la muchacha que había estado sentada ante la ventana apenas un día antes, mirando la lluvia y soñando con un mozo de cuadra.

Allí, en aquel preciso momento, compartiendo aquella mesa con Javier bajo el sol, podía ver lo muy claramente que me había estado engañando a mí misma. No habían sido más que ensoñaciones infantiles, pero ahora lo tenía a él. Y aunque me estremecí por dentro, el estremecimiento se transformó enseguida en un violento ardor justo allí donde me sentía más sensibilizada y necesitada.

—Avísame cuando no quieras más —me dijo Javier con tono casi distraído, aunque algo extraño parecía latir en su voz. Algo intenso, inquietante. Como si supiera perfectamente por qué yo no podía permanecer quieta.

—¿Por qué? ¿Te has quedado tú con hambre?

Vi el fulgor de una sonrisa. Una sonrisa amenazadora. Como si lo hubiera insultado.

—¿Te parezco yo alguien que se resigne a quedarse con hambre, Imogen?

—Yo solo quería decir…

—Quiero asegurarme de que te alimentas bien, querida —murmuró, lo cual no ayudó en absoluto a apagar el fuego. Si acaso, lo avivó aún más. Porque podía ver aquella misma llama en su mirada—. Porque apenas acabamos de empezar.

Capítulo 9

Imogen

–Hoy volamos a Italia –anunció Javier una mañana, semanas después, por sorpresa–. Puede que quieras prepararte para un emocionante reencuentro con tu familia.

Estaba sentado, como de costumbre a la hora del desayuno, a la mesa de la terraza desde la que se dominaban las piscinas y la interminable lámina del mar. La mañana era clara y radiante, y sin embargo yo me sentía como si me hubieran arrojado de regreso a las sombras, a la frialdad gris que había dejado atrás, en Francia. Debí de haber emitido alguna especie de sonido, porque Javier hizo a un lado uno de sus numerosos diarios extranjeros que revisaba cada mañana y arqueó sus oscuras cejas.

–Asistiremos a un baile benéfico en Venecia. Es una buena oportunidad para fingir empatía por los más desfavorecidos, algo en lo que tu padre destaca especialmente –me observó por un momento–. ¿Tienes alguna objeción a la caridad, Imogen? Me parece recordar que un día dijiste que te gustaría convertirla en el pilar de tu existencia.

Me di cuenta de que lo estaba mirando anonadada y me obligué a cerrar la boca que tenía abierta de asombro. No había razón alguna para que sintiera que él había… roto algo, de alguna forma, al anunciarme que teníamos que abandonar aquel lugar. Sobre todo para asistir al tipo de evento que sabía que nos devolvería a los dos al mundo que yo me había esforzado con éxito, durante aquellas últimas semanas, en ignorar que existía. Un mundo que incluía a mi padre.

No deseaba marcharme. Quería quedarme allí para siempre. Eran las primeras vacaciones que había disfrutado en toda mi vida.

Y sí, por supuesto, sabía bien que no eran realmente unas vacaciones. Javier trabajaba todos los días. Yo también habría trabajado, si hubiera tenido algo que hacer, pero cada vez que se lo pedía, él negaba con la cabeza para luego decirme que me divirtiera como me pareciera. Así que nadaba en las piscinas, y en el mar cuando el agua estaba más caliente. Daba largos paseos hasta las ruinas del otro extremo de la isla, disfrutando del sol y de aquella soledad que me sabía tanto a libertad. Y, cuando no estaba trabajando, Javier estaba conmigo. Dentro de mí. Hasta que no podía ya distinguir la diferencia entre un día y el siguiente.

Aprendí a proporcionarle placer con mi boca. Aprendí, a cambio, a sentir la caricia de la suya entre mis piernas. Aprendí a explorar cada centímetro de su cuerpo fascinante con las manos, la boca, los dientes. Comíamos la comida que parecía nacer directamente del corazón de aquella luminosidad que nos envolvía.

Me llamaba «querida». Yo le llamaba marido, maravillada de que alguna vez lo hubiera tenido por un monstruo. Me costaba imaginar cómo era posible que mi cuerpo, un solo cuerpo, pudiera contener tantos sentimientos. Todos aquellos gozos que no me atrevía a nombrar. No quería marcharme.

No quería volver a aquel mundo frío y cruel que había dejado atrás. No quería empezar lo que sabía sería una interminable secuencia de bailes y eventos propios de la clásica agenda de la alta sociedad. Eventos como el famoso Met Ball de Nueva York que alimentaba las crónicas sociales de las revistas y periódicos de todo el mundo. Si hubiera dependido de mí, aquellas semanas en La Angelita habrían constituido un destino permanente, definitivo. Quería que nos quedáramos allí para siempre, abrazados, como si todo lo demás no fuera más que un sueño. Pero, por alguna razón, me reprimí de decírselo.

–Siempre he querido ver Venecia –logré pronunciar, forzando una sonrisa.

–No pareces muy convencida.

–Es que estoy como embriagada de este sol, del aire de este mar –«y de ti», añadí para mis adentros–. Simplemente tendré que regresar a la realidad. Recuperar la sobriedad. Eso es todo.

–Tengo trabajo que hacer, negocios que requieren de la mía. Tú, por tu parte, no tendrás otra cosa que hacer que asistir a fiestas. Supongo que ese será tu trabajo, al fin y al cabo.

–Si las fiestas van a constituir mi ocupación, mucho me temo que voy a defraudarte. En el convento no celebrábamos muchas fiestas.

–Razón por la cual te enviaron a esa escuela, para conservar tu castidad y tu inocencia, para enseñarte modales de aristócrata. Lo sabes muy bien –Javier dejó a un lado entonces su periódico. Se me quedó mirando con tanta insistencia y seriedad que casi me olvidé de que aquella boca de gesto severo había sonreído alguna vez–. Si hay algo que quieras decirme, Imogen, te sugiero que lo hagas. No tengo paciencia para esa actitud tuya entre pasiva y agresiva.

–No tengo nada que decirte.

–¿Pensabas quedarte en esta isla para siempre? ¿Encerrada como la princesa de un cuento de hadas? Sé que tengo reputación de persona temible, pero no creo haber encerrado a mujer alguna en una torre –su sonrisa me hizo arder, como era habitual, pero esa vez la sentí como un castigo–. No tengo por qué recurrir a esas medidas para conseguir lo que quiero, ¿no te parece?

Para conseguir lo que quería de mí, ciertamente, no tenía que recurrir a nada. Yo se lo daba todo con total, obediente rendición. Y absolutamente feliz. Pero hasta ese momento no se me había ocurrido pensar que quizá él no sintiera el mismo arrebatamiento que yo. Todo aquello era… su proyecto. Su plan. Tuve que tragarme el nudo que me subió por la garganta.

–No hay tal cuento de hadas –me costó mantener un tono ligero–. Para empezar, las Fitzalan no somos princesas. Hace mucho tiempo que convivimos con la sangre real, pero nada más. Los reyes se exilaban, sufrían revueltas, morían decapitados… Los Fitzalan, en cambio, sobrevivían.

Me sentía como si me hubieran despertado de una bofetada cuando ni siquiera había sido consciente de haberme quedado dormida. Ni de lo profundamente que había estado soñando. Habían pasado semanas desde la última vez que había dedicado un pensamiento a mi padre. O desde que me había preocupado por Celeste y por el desdén con que me había mirado el día de mi boda. O por la manera en que ella había mirado a Javier antes de que abandonáramos la mansión.

Habían pasado semanas también, por cierto, desde la última vez que había prestado alguna atención al estado de mi pelo, con su rebeldía indómita a los convencionales dictados de la moda. O me lo recogía en lo alto de la cabeza o me lo dejaba suelto, y ese era el único cuidado que dedicaba a los rizos que tanto habían dominado mi vida anterior. No había pensado en lo muy mal que estaba representando el papel de elegante heredera Fitzalan. Ni en lo muy diferentes que serían las cosas una vez que las taimadas damas de la buena sociedad se dirigieran directamente a mí, en lugar de cuchichear a mis espaldas, criticando mi torpeza al andar, los vestidos que nunca terminaban de quedarme bien o ese pelo mío que nunca obedecía. No, no había pensado que quizá ahora tuviera que volver otra vez a la sombra de Celeste, siempre la más bella y elegante de las dos. Solo que esa vez Javier estaría presente para examinarnos y compararnos.

No me gustaba nada pensar en todo ello. Se me revolvía el estómago solo de imaginármelo. Bajé la mirada al café con gesto ceñudo. Las lágrimas me nublaban la vista.

—Asistiremos a uno de los más famosos bailes benéficos de la temporada —dijo Javier con tono aún más hosco—. Me pidieron que donara una enorme cantidad de dinero, y mi recompensa a cambio de tanta generosidad es la obligación que me imponen de asistir al baile. Iremos todos enmascarados y fingiremos no reconocernos, lo cual, por supuesto, será una falsedad. Todo esto es muy aburrido. Pero al menos esta vez me ahorraré los infinitos intentos de seducción de las solteras. Y de las casadas descontentas con su matrimonio.

Me removí en mi silla, parpadeando furiosa para contener las lágrimas. Me había dado mucho el sol en la nariz, con lo que me habían salido más pecas. Sabía que mis hombros no estaban en mucho mejor estado. El sol había resaltado los tonos dorados y rojos de mi pelo, rizándomelo de paso aún más. Intenté imaginarme a mí misma en medio del baile veneciano, rodeada de mujeres como Celeste. Mujeres elegantes, gráciles, refinadas, que nunca tenían que preocuparse de mancharse accidentalmente sus vestidos o de tropezar con sus tacones imposiblemente altos.

Me había educado en el convento. Era allí donde

había terminado mis estudios. Mis amigas y yo compartíamos de vez en cuando los recuerdos de las absurdas experiencias que habíamos padecido allí, en los grupos de chats que nos mantenían conectadas. Pero ninguna disciplina o método había logrado nunca que me pareciera a Celeste, por muchas horas que hubiera pasado caminando con un pesado libro encima de la cabeza.

—Aunque la mona se vista de seda… —había murmurado desdeñosamente mi padre en el baile de mi puesta de largo. Poco después de aquello había dado un traspié y a punto había estado de derribar la fuente del ponche.

Aquella había sido mi primera y última experiencia de un evento de la alta sociedad, a excepción de mi boda. Y ahora aquello… porque en Venecia avergonzaría no ya a mi padre, sino al propio Javier. Al hombre capaz de hacerme sollozar de gozo y de deseo. Que me había proporcionado más placer del que cualquier mujer podía soportar, y que sin embargo seguía haciéndolo de nuevo, una y otra vez. Solo de pensar en la perspectiva de humillarlo durante el baile, como era casi seguro que haría, me entraban ganas de hacerme un ovillo y de sollozar durante horas.

—O quizá te sientas únicamente cómoda con este matrimonio en el ámbito privado —comentó de repente Javier—. Fuera de la vista de todo el mundo. Aislada en una isla donde el único que puede acceder a ti soy yo. Donde nadie puede ver lo bajo que has caído.

Parpadeé extrañada al oír aquello. Porque su tono sonaba casi… dolido.

—No, yo no quiero…

Pero había pasado algo. Javier se levantó rápidamente de la mesa y arrojó su servilleta. Me fulminó con la misma mirada que me había lanzado aquella vez en la casa de mi padre. Y yo me sentí exactamente igual que entonces. Helada, paralizada.

–Veo que eres suficientemente feliz conformándote con mi cuerpo –gruñó con una expresión que no reconocí. Una vez más, me sentí tentada de creer que, de alguna manera, le había hecho daño. A él–. Eres insaciable. Por mucho que te dé, aún quieres más. Cuando llamas a Dios a gritos, tengo la sensación de que me llamas a mí. Pero no quieres que el resto del mundo sepa lo mucho que disfrutas rebajándote a vivir conmigo, ¿verdad?

No habría podido sorprenderme más si hubiera arrojado la mesa a la piscina. Palidecí y me ruboricé, febril.

–No era eso en absoluto lo que quería decir. No soy yo la que se sentirá avergonzada, Javier. Estoy prácticamente convencida de que serás tú.

Su boca era una dura y fina línea, pero en su mirada habría jurado que había visto dolor.

–Sí, me sentiré humillado, seguro, cuando el mundo vea que me he casado con la mujer a la que pretendía. La última heredera Fitzalan. Y tú tendrás que esforzarte más, reina mía, si lo que pretendes es hacerme creer las historias bajo las que ocultas tus verdaderos sentimientos.

Cuando quise darme cuenta, estaba de pie frente a él, con el corazón latiéndome acelerado. Estaba aterrada. La constatación de que todo se había estropeado con tanta rapidez me daba náuseas. De que yo hubiera podido herirlo, de algún modo.

Me dijo algo en un gutural español que preferí no entender. Al menos, no del todo.

–Debes de haber oído cómo me llama la gente –continué, disimulando el temblor que me sacudía por dentro–. La decepcionante hermana Fitzalan. La menos agraciada.

–Basta. Nos marcharemos dentro de una hora. Tengo que hacer una llamada de teléfono. Te sugiero que aproveches el tiempo aprendiendo a controlar tu actitud.

Me abandonó entonces. Salió a toda velocidad de la

terraza, para desaparecer en el ala que solía utilizar como oficina, y yo comprendí que no tenía sentido alguno seguirlo. Me quedé donde estaba, paralizada. «Pero no quieres que el resto del mundo sepa lo mucho que disfrutas rebajándote a vivir conmigo, ¿verdad?», me había espetado.

«Rebajarse» era el tipo de palabra que habría podido utilizar mi padre. Su efecto sobre mí resultaba venenoso, dejando un rastro de vergüenza y de algo aún más hiriente. Y, lo que era todavía peor: corroía el dulce y ardiente recuerdo de las últimas semanas pasadas allí, llenas de sol y de azul. Las lágrimas volvieron a nublarme la vista.

Nunca se me había pasado por la cabeza que a Javier pudiera importarle lo que gente como mi padre pensara de él, y mucho menos de su comportamiento ante su presencia. El día de mi boda no me había parecido en absoluto interesado por los invitados de nuestra boda, o por las cosas que hubieran podido decir de su persona. Ni siquiera se había molestado en quedarse hasta el final del banquete nupcial.

Y sin embargo había soltado aquella palabra, «rebajado», como si en realidad fuera mucho menos impermeable a esas pullas de lo que me había imaginado. Me alejé del sol para refugiarme en la fresca sombra de nuestro dormitorio. Intenté calmarme respirando profundamente. Javier se había mostrado especialmente intenso durante aquellas últimas semanas. Exigente, tanto dentro como fuera de la cama. Concentrado y feroz, hasta el punto de hacerme olvidarme de todo.

Y ahora teníamos que marcharnos de allí. Para exhibir todas aquellas cosas que sentía delante de todo el mundo y, peor aún, de mi propia familia. Cerré los ojos con fuerza. A veces me decía que Javier tenía que sentir lo mismo que yo. Soñaba con que él también se derretía por dentro cada vez que nos tocábamos.

Volví a abrir los ojos. A la cruda luz del día, cuando salía a dar otro paseo o me sentaba al borde de la piscina con uno de mis libros en español, lo veía todo mucho más claro. Yo había sido la virgen, no él. Javier era un hombre de vasta experiencia, como había podido comprobar en las referencias suyas que había encontrado en la red. Podía conseguir todo lo que quisiera. Cualquier mujer que se le antojara. «La única cosa que quería de ti», me susurró una perversa voz interior, «es tu apellido».

Porque todo el resto… ya lo había tenido un millar de veces antes. Con mujeres despampanantes de todo el mundo. Y una de ellas había sido Celeste. Me flaquearon las rodillas, o quizá fuera el vuelco que me dio el estómago: el caso fue que de repente me encontré sentada en el banco de los pies de la cama. A veces me entretenía soñando con que Javier sentía lo mismo que yo, o quizá lo hiciera algún día, pero, si tenía que ser sincera, la perspectiva me parecía improbable. Había fingido no darme cuenta, pero esa era la verdad. Porque la única vez que había vislumbrado un mínimo de sentimiento en su rostro, había sido precisamente ahora, hacía tan solo unos minutos.

Ahora, cuando finalmente íbamos a presentarnos como matrimonio ante el público. Cuando tendría que exhibir a la menos agraciada de las Fitzalan ante el mundo. Nuestro matrimonio había sido, lisa y llanamente, de conveniencia.

Había pasado aquellas últimas semanas sumida en una especie de delirio. Sexo, sol y el luminoso Mediterráneo… ¿Quién no se habría dejado afectar por aquella combinación? Pero Javier no se había dejado aturdir tanto. Él siempre había sabido lo que había estado haciendo. Se había casado por mi apellido, por mi fortuna. Y no porque necesitara dinero, sino porque en aquel momento formaba parte de la estirpe de los Fitzalan.

Se había casado con un peón de ajedrez, pero yo había cometido el pecado mortal de considerarme una esposa de verdad. De alguna manera, durante aquellas pocas semanas, no había visto con claridad mi actual situación. El mío era un matrimonio de interés, y no precisamente a mi favor.

Javier no me había declarado su amor. No había prometido honrarme. Ni tampoco serme fiel.

Si Javier advirtió mi silencio, o cualquiera de los sentimientos que temía no ser capaz de disimular, no dio ninguna muestra de ello.

Durante todo el vuelo a Venecia estuvo hablando por el móvil, y no mostró más interés por admirar desde el aire aquella ciudad de cuento de hadas que el que sentía por mí. Yo, en cambio, pegaba el rostro a la ventanilla, sin preocuparme por parecer ingenua, o ilusa. O cualquier otra palabra que habría usado mi padre de haber estado allí para verme. Pero no quería pensar en mi padre, ni en ninguna de las cosas que me esperaban esa noche.

Nada más ver el barco que nos estaba esperando, el traicionero corazón me dio un vuelco, como si se tratara de un viaje romántico. Como si algo de todo aquello fuera romántico. Yo sabía que no lo era. Pero Venecia sí.

Los antiguos y altivos palacios se alineaban a ambos lados del Gran Canal. Los embarcaderos con sus altos postes y las barcas azules. La inefable luz que bailaba en la cúpula de Santa María de la Salud. Los gondoleros y los caminantes que cruzaban los canales por los arcos de los puentes.

Venecia era como la poesía. Su aura me aturdía y emocionaba a la vez. La góndola-taxi nos dejó en un islote privado de la gran laguna.

–¿Otra isla privada? –pregunté, y me arrepentí de haberlo hecho cuando lo único que recibí a cambio fue un hosco ceño.

–Me gusta la intimidad –replicó Javier–. Aunque esta vez no se trate de algo mío. Esto es un hotel.

Parpadeé extrañada a la vista del edificio de piedra rosada y de la fachada curva de la iglesia que se alzaba al lado, brillante como el marfil.

–¿Por qué no hay nadie, entonces?

Javier me lanzó una mirada arrogante. Fue entonces cuando lo comprendí. Javier lo había reservado todo. Era Javier Dos Santos, ¿cómo había podido olvidarme de lo que eso significaba?

Atravesamos el amplio atrio y entramos en el hotel, detrás de la plantilla de servicio. No era como su villa, tan abierta y moderna a la vez. Me impresionó la antigüedad y elegancia de las habitaciones. Tanta suntuosidad, sin embargo, resultaba mucho más acogedora que la de las residencias de mi padre, siempre cargadas de demasiados objetos antiguos.

Nuestros pasos resonaban en los pasillos. Los sirvientes nos hicieron pasar a una enorme suite que parecía ocupar todo el piso alto. Tuve que recordarme que no debía sentir como un castigo el hecho de que Javier desapareciera en el despacho contiguo, sin dignarse a mirarme ni una sola vez.

Pero de alguna manera me las arreglé para forzar una sonrisa, porque no estaba sola.

–Dispone todavía de algún tiempo antes de empezar a arreglarse para la fiesta, *signora* –me informó una criada en un deferente italiano–. Quizá le apetezca reposar un poco.

Me dolía la boca de tanto sonreír.

–Sí, gracias.

La observé mientras se retiraba, preguntándome por

la impresión que le habría causado, acostumbrada como debía de estar a atender a clientes fabulosamente ricos. Debía de haber visto a un millar de matrimonios como el mío. Seguro que iría corriendo a la cocina a murmurar sobre la extraña joven pecosa de pelo revuelto que había acabado emparejada con el famoso Javier Dos Santos.

Atravesé el salón de la suite y salí al balcón corrido. Aunque el aire era casi demasiado fresco, me apoyé en la baranda a contemplar la rosada puesta del sol de invierno. Si Venecia era hermosa a plena luz del día, al atardecer era mágica. Tras respirar profundamente varias veces, empecé a experimentar una especie de paz interior. La ciudad se extendía majestuosa ante mí, como debía de haberse mostrado tantas veces a las mujeres que se habían asomado antes a aquel balcón. Tantas vidas que habían empezado y terminado allí… Tantas lágrimas, tantas risas. Pánico y miedo, alegría y deleite. Las generaciones del pasado y las del futuro, conmigo en mitad de todo ello.

¿Qué sentido tenía deprimirme? Mi problema era que no dejaba de ilusionarme con mi matrimonio, con lo que podría llegar a ser, cuando eso nunca había estado en mis cartas. Cuando debería haberlo sabido. Y ahora ya lo sabía.

La realidad era que yo era una Fitzalan. Las mujeres de mi familia habían sido raptadas, vendidas, encerradas durante siglos. Y, si mi enérgica abuela había sido una muestra de ello, ninguna se había derrumbado ante aquellos desafíos. Al contrario, las mujeres Fitzalan sacaban siempre fuerzas de flaqueza. «Los Fitzalan tienen propósitos más altos», eso era lo que siempre decía.

No era mucho lo que podía hacer con mis rizos o con mi torpeza, pero sí que podía trabajar mi actitud, la única cosa que podía decir que era realmente mía. Javier había llamado «trabajo» a la fiesta a la que tendría que asistir esa noche, y yo había sido una estúpida al rebelarme ante la idea. No andaba nada equivocado. Durante años yo había sido educada para mi papel de esposa aristócrata.

–Vuestra mayor arma es que nadie espera que seáis otra cosa que un adorno –solía decirnos la *madame*–. Aprovechad eso en vuestra ventaja, damas mías.

Fue por eso por lo que, cuando me reuní con Javier en el vestíbulo principal, ya ataviada con el vestido y la máscara, estaba preparada. Y resignada. Había hecho que me recogieran el cabello en otro moño, aunque no tan apretado y formal. Mis rizos resultaban obvios, recogidos en lo alto de la cabeza. El vestido de color negro tinta había sido elaborado según las precisas indicaciones de Javier, según me habían asegurado las doncellas: se sostenía con un único broche en un hombro y caía oblicuamente en una cascada de pliegues, hasta acariciarme los pies. La máscara era de oro y ónice, y no pude reprimir un estremecimiento de emoción cuando me miré en el espejo.

Pero el estremecimiento que sentí fue aún mayor cuando vi la expresión con que me miró Javier, antes de asentir con la cabeza a modo de saludo. Porque aquella mirada me decía lo mismo que me había dicho yo mientras estuve reflexionando en la terraza, ante el mágico paisaje de la ciudad. Javier no sentía nada por mí y yo necesitaba aceptarlo. Pero al menos me deseaba casi con la misma desesperación que yo a él.

Y eso era más de lo que me habían educado para esperar de mi matrimonio.

–Estoy lista –le dije, y acepté su brazo. Ladeé la cabeza para poder mirarlo. Fue entonces cuando me pregunté si me quedaría siempre sin aliento a la vista de su apostura, todavía más abrumadora aquella noche con su traje negro de etiqueta–. Este será nuestro primer evento de sociedad como matrimonio. Supongo que habrás previsto cómo transcurrirá.

Podía distinguir sus ojos oscuros tras la máscara. Y su boca, dura y tentadora, que habría reconocido en cualquier parte.

–Así es.

–Entonces podrás decirme exactamente lo que tienes planeado, para que yo pueda jugar bien mi papel.

–¿Tu papel? ¿Cuál te imaginas que es tu papel?

–El que tú prefieras, por supuesto. Puedes utilizarme como arma, por ejemplo. No te imaginas lo muy indiscretos que pueden llegar a ser los hombres como mi padre con la gente a la que juzga inferior a él.

Su boca se curvó ligeramente, sin llegar a sonreír.

–Sé muy bien cómo tratan a la gente como yo, Imogen. Y no necesito armas para defenderme de ellos. Yo soy el arma.

–Entonces parece que tenemos un arsenal.

Al ver que no hacía otra cosa que mirarme de aquella forma vagamente inquietante, alcé la barbilla como para prepararme para una pelea. Con él. Aunque los dos sabíamos que yo nunca, jamás ganaría.

–¿Y si te dijera que lo único que quiero es que hagas de adorno? ¿Silencio y sumisión bajo una bonita sonrisa?

–Tú me compraste, Javier –le recordé, y no fue hasta que escuché mi propia voz cuando me di cuenta de que, en cuestión de armas, las había de todo tipo. Y que no necesitaba de su permiso para blandirlas–. Puedo ser lo que tú quieras que sea. Pensaba que se trataba de eso, precisamente.

Capítulo 10

Javier

Sabía que, si ella volvía a recordarme que la había comprado, perdería el control. Porque era verdad. Lo había hecho. Y lo volvería a hacer. No había razón alguna para que me molestara tanto la manera que tenía de mirarme, con aquel desafío en los ojos.

No me gustaba que estuviera tan cerca de perder el control, cuando además ni siquiera habíamos llegado al baile. Y tampoco ayudaba nada el aspecto tan apetitoso que ofrecía.

Su cabello se había vuelto casi más dorado que rojo después de nuestra temporada en La Angelita. Era la encarnación precisa del ideal de mujer que había soñado con conquistar. Me dolía hasta contemplarla, tan hermosa como inalcanzable, a años luz del ambiente del hijo de un traficante de drogas criado en el arroyo. Exactamente la clase de esposa que deseaba colgada de mi brazo en aquel evento o en cualquier otro. Porque ella exudaría aquella superioridad de los Fitzalan sin intentarlo siquiera, y mi dominio se mostraría incólume y desafiante ante toda aquella gente que se consideraba superior a los que eran como yo.

Estaba excitado. Algo que últimamente parecía haberse convertido en una obsesión. Lo último que deseaba hacer en aquel momento era sacarla de aquel hotel que había vaciado en beneficio de mi propia intimidad, cuando habría sido mucho más divertido disfrutar de la misma. Quería desnudarla, allí mismo, en aquel cavernoso vestíbulo. Venerar cada sedoso centímetro de su cuerpo de la manera más atrevida imaginable. Empezando por su boca.

Pero había trabajo que hacer. Siempre había trabajo que hacer. Los bailes benéficos no eran más que ocasiones sociales para donar dinero. Para mí, sin embargo, eran apariciones necesarias. Aquella tentadora y exigente necesidad que sentía de provocarla no era en absoluto alarmante, porque Imogen era la única mujer de la que no podía saciarme… y, sin embargo, me contuve. Aquella noche no me quedaba más remedio. Así que la guie del brazo, resignado, hasta la góndola que nos conduciría al baile.

—Sabía que esto sería precioso —comentó en voz baja, acodada en la borda mientras la embarcación surcaba las olas, con el aire fresco moviendo sus rizos—. Pero no hasta este punto. No me imaginaba que fuera posible tanta belleza.

Me acerqué a ella, con la mirada clavada en las aguas de la laguna. Y en los canales que se extendían ante nosotros, oscuros como la tinta. Casi lúgubres, en aquella época del año.

—A veces me olvido de la vida tan aislada que has llevado.

—Nunca he ido a ninguna parte —confesó Imogen con sencillez, y fue la falta de amargura de aquellas palabras lo que más me conmovió—. No he visto nada más allá de las paredes del convento o de aquel horrible internado. No personalmente al menos. Resulta que puedes ver millares de cosas en Internet, o leer todos los libros que quieras y sin embargo nada de eso te prepara lo más mínimo para la realidad.

Aquella palabra me dolió. La «realidad». Porque sabía que, de algún modo y pese a sus protestas, tenía que haber sentido vergüenza de haberse visto forzada a casarse con un hombre como yo, rebajándose de aquella forma. Y yo era consciente de ello, por supuesto. Esa era una de las rotundas verdades de mi vida, aunque ella no me lo hubiera dicho directamente. Lo sabía de todas formas. Yo nunca me había sentido inferior en la casa de su padre, y sin embargo resultaba increíble la facilidad que tenía de sentirme así cuando estaba a solas con Imogen. Cuando era ella la única que me miraba y me hacía sentir la insólita sensación de que nunca, jamás, lograría alejarme lo suficiente de mis desgraciados orígenes. Una sensación que se alzaba entre nosotros como un fantasma.

Una sensación a la que debería haberme acostumbrado. Lo estaba, de hecho. Pero, cuando estaba en presencia de Imogen, me dolía de una manera distinta. Nueva. Que no podía decir que me gustara precisamente. Aun así, no pude resistirme a recogerle detrás de la oreja uno de los rizos que se le había escapado del moño. Y con una delicadeza que incluso a mí mismo me resultó extraña.

—Te refieres a Venecia, claro —murmuré—. O al legendario mar Mediterráneo, quizá. No a las mucho más lujuriosas cosas que alguien puede ver *on line* o leer en un libro.

Su mirada buscó la mía, llena de un humor que no debería haberme gustado tanto. No entendía por qué me atraía tanto una mujer capaz de derretirse tan fácilmente en mis brazos cuando sabía, al mismo tiempo, que perfectamente podía convertirse en un arma a mi servicio. Y eso era algo que no quería hacer. El solo pensamiento de ordenárselo me provocaba escalofríos. «De rabia», intenté convencerme a mí mismo.

Aunque sabía perfectamente que aquello tenía prin-

cipalmente que ver con el vacío que todavía arrastraba
en mi corazón desde que, a los ocho años, descubrí que
nunca sería tan importante para mis padres como el
veneno con que solían comerciar. Pero me negaba a
pensar en mis padres. No allí. Ni ahora.

—Por supuesto que me refería a Venecia. ¿A qué si
no?

—Háblame de lo que veías en el convento. Para me-
jorar tu educación.

—Documentales, sobre todo —Imogen sonrió.

Un detalle preocupante, pensé, dado lo mucho que
me gustaba ver su sonrisa. Como si la anhelara…

—Sobre Venecia, naturalmente, en todo su esplendor
—continuó ella—. Y también sobre el Mediterráneo,
ahora que lo has mencionado.

—Los documentales están de moda. Ahora los hacen
de cualquier cosa —murmuré.

Delineé con un dedo el borde de su máscara, allí
donde el oro y el ónice se encontraban con la tersa piel
de su mejilla. Quise hablarle. Pero había algo en el
agua, en los antiguos edificios que nos rodeaban y en la
singular magia de aquella ciudad medio sumergida, y
no pude encontrar las palabras. O, si podía, no quise
decirlas. No quería nombrar las cosas que tanto me
conmovían cuando la miraba.

Pero entonces atracamos ante el palacio que acoge-
ría el baile, todo luces y ruido derramándose sobre la
noche estrellada, y el momento se perdió. Me dije a mí
mismo que no era decepción lo que sentía mientras la
guiaba hacia la entrada y la ayudaba a quitarse el
abrigo. No podía ser decepción, ya que eso habría sugerido una emoción demasiado profunda que no sentía.
Porque no la sentía. Me negaba a sentirla.

Había pasado aquellas últimas semanas en la isla
precisamente para asegurarme de ello. Me había obli-

gado a apartarme de Imogen cuando lo único que había deseado era quedarme a su lado. Me había encerrado en mi despacho durante horas a propósito, sin poder concentrarme. Y esa noche no parecía constituir una excepción.

Una vez dentro, pude ver a los socios con los que había quedado allí. Ninguna máscara podía ocultar el poder que ciertos hombres parecían exudar por sus poros. El baile tenía lugar en la planta baja de un antiguo palacio, con altas columnas y deslumbrantes lámparas de araña. Había una orquesta en el estrado elevado de un extremo, y suficiente oro por doquier como para hacer refulgir al mundo entero.

Pero yo no estaba listo. No estaba preparado para entregar a Imogen a aquella manada de lobos. Y no porque los temiera, sino porque yo era el peor de todos y aún no había acabado con ella. Ojalá aquellas semanas pasadas en la isla, felizmente aislados de todo aquello, hubieran durado mucho más.

Llevé, sin embargo, a mi esposa a la pista de baile. La tomé en mis brazos, contemplé aquellos perfectos labios suyos que podía saborear cada vez que quisiera, y me dije a mí mismo que si estaba levemente aturdido era por la cantidad de gente que había allí. Hacía calor. Había ruido por todas partes.

Pero ella alzó la cabeza y me sonrió. Y comprendí entonces que no se trataba simplemente de que no me reconociera a mí mismo en presencia de aquella mujer. Ella me había convertido en un mentiroso. Un mentiroso con demasiados sentimientos. Peor aún: acepté aquel descubrimiento. Y empecé a bailar.

–Nunca me habría imaginado… –le brillaban los ojos–. Eres un magnífico bailarín.

–Aprendí yo solo.

Había formado parte de aquella primera etapa, cuando

decidí convertirme en un caballero. Casi esperé oírla reírse ante el pensamiento de un monstruo bailando un vals. Hasta yo me habría sumado a la diversión. Pero no lo hizo.

—Yo tomé clases de baile y protocolo. Primero con las institutrices de nuestra casa, luego en el convento. Fue en el internado donde la *madame* nos dijo que los bailes formales no eran más que otra forma de batalla.

—¿De batalla? No sabía que la educación que recibiste en ese internado fuera tan... agresiva.

—Cada uno consigue sus armas donde puede, Javier.

Su dulce voz resonó en mis oídos mucho tiempo después de que la melodía hubiera llegado a su final, y yo me vi obligado a retroceder un paso. Para volver a tomarla galantemente del brazo. Para hacer lo que sabía que debía hacer, y que no coincidía con lo que quería. Más bien con lo que debía.

Tenía más dinero del que podía gastar. Me llevaría años gastarlo. Y sin embargo seguía comportándome como aquel niño de las cloacas de Madrid. Seguía esperando que, en cualquier momento, las autoridades pudieran dar un paso adelante y quitármelo. Denunciarme por los pecados de mi padre y arrojarme de vuelta al lugar de donde había salido. Sabía mejor que nadie que todos nosotros no éramos más que profecías autocumplidas. Y seguía dejándome poseer por aquellas antiguas obsesiones. Seguía dejando que me conformaran. Que determinaran cada uno de mis movimientos.

Nos acercamos a un grupo en el cual estaba un hombre que no pude evitar reconocer. Él también estaba enmascarado, pero su máscara era de las que llamaban la atención sobre su persona, más que esconderla.

—Hola, padre —lo saludó Imogen, a mi lado.

No sé lo que esperé. Había visto, aborreciéndolas,

las marcas que aquel hombre había dejado en la piel de mi esposa. Ya había asistido antes a las interacciones entre padre e hija. Sobre todo en nuestra boda, cuando Dermot había mostrado los mismos sentimientos hacia su hija que un bloque de granito. La misma sensibilidad que parecía estar demostrando aquella noche.

—Lástima que no hayas tenido un poco más de cuidado con tu apariencia en una noche como esta —comentó el hombre con tono acre. Cruel—. Es tu primera aparición en sociedad como mujer casada. Seguro que habrías podido hacer algo con tu pelo.

Imogen simplemente sonrió.

—He hecho algo con mi pelo.

Fitzalan la miró con desdén. Desvió luego su fría mirada hacia mí, como esperando una disculpa.

—Me temo que sus correctivos no han funcionado con semejante nivel de desafío. Si yo fuera usted, la trataría con mano más dura.

Sentí a Imogen tensarse a mi lado, aunque su expresión no varió. Aquello me recordó la clase de armas que ella había mencionado antes. Pero, aparte de eso, ¿cómo se atrevía Fitzalan a hablarme así? Me entraron ganas de destrozarlo allí mismo, bajo la mirada de aquellos lobos. Pero no era de esa forma como luchaban esos hombres. Bien lo sabía yo. Tomé nota mental de devolverle el golpe. A ser posible en su cartera.

Mientras tanto, me obligaría a hablarle como si no se mereciera probar un poco de su propia medicina. A mantener a raya al monstruo que había en mí.

—Usted no es como yo —le dije fríamente—. Y creo que esta sencilla verdad nos llena a ambos de gratitud, ¿no le parece?

No llegué a escuchar su respuesta. Imogen se disculpó con la misma serena sonrisa y la cabeza bien alta. Y en lugar de seguir conversando con aquel hombre al que tenía toda la intención de arruinar, me quedé mirándola mientras se alejaba. No pude evitarlo. No pude obligarme a prestar atención a Fitzalan o a los hombres que lo acompañaban. Era consciente de que estaban hablando, posiblemente de mí, pero no me importaba.

No podía dejar de mirar a Imogen. El reflejo de sus gloriosos rizos bajo aquellas deslumbrantes lámparas de araña. La fluida e inconsciente gracia con que parecía flotar entre la multitud. Quise seguirla como un cachorrillo. Como la tierna e indefensa criatura que yo nunca había sido, como un hombre enamorado, aunque sabía que eso era imposible. Y peor aún: como si lo que sentía al verla alejarse de mí no fuera otra cosa que dolor.

Capítulo 11

Imogen

Me encerré en un cubículo de los elegantes baños del palacio, sentándome en la tapa del váter de porcelana sin intención alguna de usarlo. Y me quedé allí, donde nadie podía verme.

Ni mirarme. Ni hacer desdeñosos comentarios sobre mi pelo. O sobre mi vestido. O sobre cualquier falta que me encontraran. «No es que te falte algo», evoqué el ronco susurro de la voz de Javier una noche en la que estábamos abrazados en la cama. «Es que tienes la mala suerte de tener una hermana como la que tienes». Aquello sonaba a verdad desagradable. Y una parte de mí quiso quedarse en aquel baño durante el resto de la velada, y al diablo con el feroz orgullo de las mujeres Fitzalan, porque estaba harta de comparaciones. Sobre todo cuando yo siempre salía perdiendo.

Quería seguir escondida allí, pero sabía que eso era imposible. Tenía que rehacerme, sonreír con dulzura, serenamente, mientras la gente me comparaba con mi perfecta hermana. Pero no podía moverme de allí.

Fue entonces cuando oí abrirse la puerta. Y una risa cantarina que habría reconocido en cualquier parte. «Celeste». Me levanté con la intención de correr el pestillo, decidida a no salir. Pero de repente me quedé paralizada.

Porque podía oír lo que estaba diciendo, y me entraron ganas de estar en cualquier parte menos allí.

–Tu hermana parece un poco desbordada por todo esto, ¿no? –inquirió otra mujer.

–Imogen es mi hermanastra, muchas gracias –repuso Celeste–. No sé en qué estaría pensando mi padre para juntarnos con esa vulgar ramera.

–Yo creía que la madre de Imogen era duquesa o algo así –murmuró otra persona, fingiendo un tono de disculpa.

Yo cerré los ojos con fuerza. Pude sentir que cerraba los puños, como si quisiera golpear a alguien. Tenía un nudo en el estómago y me dolían las sienes.

–Oh, ella era hija de alguien. El vizconde de no sé qué. ¿Quién puede retener todos esos interminables títulos británicos?

Era Celeste la que estaba hablando. Celeste, a la que siempre había querido, en la que siempre había confiado. Celeste, que tan claramente me odiaba. Algo en aquel horrible pensamiento me impulsó a reaccionar al fin. Abrí la puerta, respirando aceleradamente. Tenía una pared de espejos ante mí, lo que me permitió constatar mi palidez… a la vez que cruzar la mirada con la de mi hermana. Mi «hermanastra», según me recordé con amargura.

Si Celeste se quedó sorprendida de verme, no lo demostró. Lucía un vestido dorado, un color que llamaba la atención sobre su refinada perfección. Llevaba la melena rubia medio recogida en un peinado de ondas con el que yo solo me atrevía a soñar. Era alta, delgada, estilizada: como una de esas elegantes modelos que sonreían en las portadas de las revistas. Solo que a mí no me estaba sonriendo.

–¿Ahora te dedicas a acechar en los baños? –me espetó.

Yo no podía saber si siempre me había mirado así. O si, después de aquellas luminosas semanas pasadas en compañía de Javier, podía ver ahora todo tipo de cosas que antes me habían pasado desapercibidas. Resultaba increíble la diferencia que podía suponer el hecho de ser deseada.

«De ser querida», me susurró mi voz interior, aunque no me atrevía a llamarlo así. Lo único que sabía era que jamás antes había sentido algo parecido. Lo que significaba que aquella actitud siempre había estado bullendo en mi hermana, de alguna manera. La forma que tenía de mirarme. Aquel desdeñoso tono de voz. Nada de todo eso era nuevo. No podía serlo. Lo cual quería decir que…

–Mi madre, lady Hillary para ti, era hija de un duque –dije en voz baja–. Como creo que ya sabes.

–Si tú lo dices –repuso Celeste, despreciativa, y empeoró aún más el efecto poniendo los ojos en blanco en beneficio de sus perversas amigas.

Se habían acabado los fingimientos. No importaba que Celeste siempre hubiera sido así o estuviera improvisando. En aquel momento no estaba haciendo intento alguno por disimularlo.

–¿Vas a quedarte ahí parada, Imogen? –me preguntó al cabo de un momento. Fue entonces cuando me di cuenta de que no me había movido del sitio.

–La primera vez que te oí entrar, pensé en salir para darte un abrazo –dije secamente–. Pero después de lo que acabo de oír, eso está descartado.

Sus amigas soltaron una risita, pero esa vez fue de nervios, no de burla. A Celeste tampoco le gustó mi comentario. Sus perfectos rasgos enrojecieron, y, cuando se volvió para mirarme, tuve la sensación de que era la primera vez que la veía. Y por primera vez desde que tenía memoria, no me pareció en absoluto hermosa. Porque ahora sabía lo que era la verdadera belleza.

–La gente que escucha a escondidas nunca oye nada

bueno sobre sí misma. ¿Acaso no te enseñaron eso durante los años que pasaste encerrada en ese convento? —Celeste se rio.

Había visto aquella misma expresión el día de mi boda. Estudié su rostro. Y evoqué su expresión aquel día de diez años atrás: sus teatrales sollozos resonando por toda la casa, pero, lo que era más importante, el detalle de que no había corrido en pos de Javier para impedir que se marchara. Todo había sido una actuación concebida para apresurar su propia boda y por tanto su salida de la casa de nuestro padre. Quizá todo en Celeste no fuera más que una continua actuación.

—Los celos no te sientan bien, Celeste.

Esa vez, en vez de reírse, me enseñó los colmillos. Casi podía sentirlos hundiéndose en mi piel. Pero me negué a reaccionar. Ni siquiera cuando se acercó a mí.

—Estúpida y absurda chiquilla… ¿Es que no ves lo que está haciendo Javier? Te está manipulando.

Me habría muerto antes que demostrarle lo mucho que me había impactado aquello. Le sostuve la mirada con la barbilla bien alta, y se me ocurrió de pronto que, de algún modo, me había estado preparando para aquello desde hacía años. Porque me sentía dolida, sobre eso no cabía duda alguna. Pero sorprendida… no.

—Así es, Celeste. De la misma manera que tu conde te manipuló a ti para que llenaras sus arcas y le proporcionaras un heredero. Algunos podrían llamar «mercenaria» a esa actitud, pero en nuestra familia siempre se ha llamado «matrimonio».

Algo pareció aflorar a su rostro. Algo feo, agresivo, desagradable.

A espaldas de Celeste, el grupo de amigas se había quedado callado. Era mejor escucharlo todo para repetirlo luego ante la gente del baile.

—Te equivocas. El conde se casó conmigo por las

razones que has nombrado, por supuesto. Se trata simplemente de una cuestión práctica. Realista. Pero mírate en el espejo, Imogen, y luego mírame a mí. ¿Acaso nos parecemos en algo?

—Mi corazón no es de piedra como el tuyo, si te refieres a eso.

Pero mi corazón estaba latiendo demasiado deprisa, como si ya supiera lo que iba a responder.

—Javier pudo haberse casado con la hija de cualquiera —dijo, acercándose a mí—. Es lo suficientemente rico como para que hasta una casa real lo hubiera tomado en consideración. Pero te eligió a ti. ¿Nunca te has preguntado por qué?

Quería decirle algo hiriente, que le hiciera daño. Pero antes de que pudiera recuperarme lo suficiente para encontrarlo, ella continuó:

—Escogió a la fea y vergonzante hermana Fitzalan cuando es un consumado seductor de las mujeres más bellas de Europa.

Si llegó a ver la manera en que contuve de golpe el aliento, lo ignoró. O peor aún: le gustó.

—¿Es que no te das cuenta? —la voz de Celeste parecía congelarse más y más conforme hablaba—. Él es Javier Dos Santos. Es más rico que muchos reyes. Puede hacer lo que guste, Imogen. Puede elegir a un patito feo y fingir que es un cisne. Hasta puede convertir a la poco agraciada heredera Fitzalan en un icono de la moda, si así le place. Puede hacer lo que se le antoje. ¿De verdad eres tan simple como pareces? —sacudió la cabeza, admirada—. Es un juego, Imogen. Todo esto no es nada más que un juego.

Por un instante, no oí nada más. Era consciente de que las amigas de Celeste estaban cuchicheando entre ellas. El agua corría en uno de los lavabos. Alguien abrió la puerta y volvió a sonar la música del baile.

Pero de lo único que yo era consciente era del desdén con que Celeste había pronunciado aquella última frase. «Todo esto no es nada más que un juego».

Sonrió entonces, pero esa vez pude distinguir cierto brillo de compasión en su mirada. Y, peor aún: también un brillo triunfal.

—Estoy segura de que todo esto te parece cruel —añadió con gran empaque—. Pero con el tiempo, cuando te hayas resignado a la realidad de tu posición, creo que te darás cuenta de que, en este momento, solo estoy intentando ser amable contigo.

Sabía, más allá de toda duda, que estaba mintiendo. Actuando. Pero no me importó, porque Celeste siempre había sido mejor que yo en ambas habilidades. Se giró en redondo, recogiéndose las faldas del vestido y llevándose a sus amigas, para dejarme sola.

Por alguna razón, no me derrumbé cuando la puerta se hubo cerrado a su espalda. En lugar de ello, evoqué la isla de Javier. La luz. El azul del mar. Pensé en el fuego que había encontrado en sus brazos. Una y otra vez.

Aspiré hondo, solté el aire y comprendí en lo más profundo de mi corazón que prefería mil veces robar aquellas pocas semanas de fantasía con Javier que someterme a la «helada» y práctica realidad de Celeste. Prefería tener unos rizos indómitos y los hombros cubiertos de pecas. Prefería ganarme el desprecio con que aquella gente me trataba que rebajarme intentando complacerlos, solo para terminar encontrándome siempre en el mismo lugar. Y, de alguna manera, sentí todo aquello como una liberación.

Porque de repente me daba cuenta de que la ventaja de no encajar nunca en aquel modelo… era que ya no tenía por qué esforzarme más. Nadie había allí para castigarme por nada. Ni institutrices, ni monjas. Mi padre no tenía ya ningún poder sobre mí. Había vendido ese derecho. Y en cuanto a Celeste, ya no me importaba. Sabía que Javier era lo suficientemente determinado e implacable para haber elegido a la hermana Fitzalan que había querido, al margen de la opinión de mi padre. Y me había elegido a mí.

Habría podido haberse casado con cualquiera, como había dicho Celeste. Y aun así me había elegido a mí. Porque él era el único que importaba. Sabía que era posible, incluso probable, que mi hermana tuviera razón y que Javier estuviera practicando algún tipo de juego. Pero dudaba que eso importara algo.

Porque, de cualquier manera, yo estaba enamorada de él. No sabía gran cosa sobre el amor, en realidad. La abuela siempre me había estado dando la lata sobre los «altos propósitos» y «el deber», pero el amor nunca había formado parte de la experiencia de los Fitzalan. Yo había dado por supuesto que Celeste y yo nos habíamos querido como buenas hermanas, pero también en eso me había equivocado. Y era posible que una parte de mí se doliera de la pérdida de una hermana que en realidad nunca había tenido, así como de una familia tan pétrea e insensible como la mansión de mi padre, pero en aquel momento no era eso lo que estaba sintiendo. Porque estaba enamorada de mi marido. Estaba enamorada de Javier.

Y sabía que, de todos los pecados que podía cometer la mujer de un matrimonio de conveniencia, aquel era quizá el peor. Al igual que sabía que el hombre que me había acariciado con tanta dulzura, que me había abrazado tan tiernamente, que me había hecho llorar y sollozar… no querría escuchar esa confesión de amor. Lo que no cambiaba el hecho de que lo amaba.

Tal vez tuviera miedo de todas las cosas que me había hecho sentir, de tanto como me habían abrumado.

Apenas había podido creer que eran reales. O que lo era él. Tenía miedo, por ejemplo, de que pudiera decirme que al final solo se había tratado de sexo y que yo había complicado de manera innecesaria lo que solamente había sido una transacción de negocios. De que pudiera reírse de mí.

Tenía un miedo horrible a que Javier nunca volviera a mirarme como lo había hecho aquella mañana, cuando había estado profundamente enterrado en mí y yo había creído morir de placer. Tenía miedo a no volver a sentir nada parecido. Pero a él no le temía.

Había pasado toda una vida encerrada en mí misma, intentando minimizarme, escondiéndome, fingiendo ser algo que no era. No estaba dispuesta a hacerlo más. Apoyándome en el lavabo, me miré en el espejo y empecé a lavarme el maquillaje. Cuando terminé, me quité las horquillas del pelo y las arrojé a un lado. Sacudí la cabeza, arruinando definitivamente el peinado. La rizada melena se derramó sobre mis hombros en una cascada de rojo y oro.

No era el miedo lo que me animaba. Ni la realidad que había mencionado Celeste. Era el poder que hasta ese momento no había sido consciente de poseer. Era aquella larga estirpe de duras mujeres que me habían precedido, una tras otra. Era lo que había sucedido durante aquellas semanas que había pasado con Javier. En aquella hermosa isla, el lugar donde había aprendido que la rendición no era una debilidad, sino que podía ser una fuerza gloriosa. Me había enamorado de mi marido, y eso lo había cambiado todo.

No me lo pensé dos veces. Ignorando a las demás mujeres que seguían en el baño, y que no dejaban de mirarme, volví al baile. Estaba cansada de esconderme. Mantuve la cabeza bien alta, deslizándome entre la multitud como si estuviera hecha de seda, indiferente a la conmoción que estaba causando. Mantenía la mirada clavada en mi marido, a quien localicé fácilmente entre la multitud. Hacia él me dirigí directamente. Hacia Javier, a quien al principio había tenido por un monstruo. Si lo era, pues que lo fuera. Pero la verdad era más bien que aquel baile estaba lleno de monstruos verdaderos, de altivas y narcisistas gorgonas.

No dejaba de mirar a Javier, el único hombre que no pertenecía a aquel lugar. Él era demasiado… real. Incluso cubierto con la máscara, la verdad de quién era en realidad parecía colmar aquel palacio. Como si todo el resto, incluida Venecia misma, no fuera más que un fantasma.

—Te has cambiado el pelo –pronunció con voz ronca y seductora una vez que hube llegado hasta su lado. El tipo de voz que me hacía anhelar que estuviéramos en aquel momento desnudos en nuestra cama, allí donde nada más importaba–. No sabía que fuera posible lucir más de un disfraz en esta fiesta.

—Siempre se puede confiar en Imogen a la hora de hacer el mayor de los ridículos –se burló mi padre, junto a él.

Yo ni siquiera me había dado cuenta de que estaba allí. Porque me había liberado de él. Solo entonces fui consciente de ello.

—El pelo de mi esposa, y mi esposa misma, por cierto, nunca puede ser ridículo, Fitzalan –masculló Javier con el tono violento que nunca solía emplear en eventos como aquel. Mi padre se tensó. Los ojos de mi marido relampagueaban–. Imogen es mi esposa. Lo que la convierte, por definición, en perfecta en todos los aspectos.

—Javier –me gustaba pronunciar su nombre. Esperé a que dejara de fulminar a mi padre con la mirada para posarla sobre mí–. Te quiero.

Vi que se quedaba paralizado. Oí la carcajada de asombro de mi padre y de los aristócratas que le rodeaban, ninguno de los cuales usaba nunca aquella palabra. Ni permitía que fuera usada en su presencia, sobre todo en público. Pero yo había decidido no esconderme. Ya no.

–Te quiero –repetí, para que no pudiera haber error alguno–. Y creo que ya me he cansado de toda esta farsa.

Me volví con la majestuosidad de una reina, para atravesar la sala con la cabeza bien alta. Y solo volví a soltar el aliento cuando Javier se situó a mi lado, tomándome del brazo. Me dije a mí misma que, sucediera lo que sucediera a partir de ese momento, jamás me arrepentiría de haberme enamorado de mi marido.

Capítulo 12

Javier

La seguí. No tenía otro remedio.

Imogen había montado una escena al soltar aquella pequeña bomba, y, si yo la hubiera dejado marcharse sola, aquella gente habría pensado que había perdido el control sobre mi reciente matrimonio. Pero, si era sincero conmigo mismo, tenía que reconocer que me importaba muy poco lo que pudieran decir.

Mucho más me importaba la bomba que había dejado caer ella, y que seguía explotando en mi corazón. Una y otra vez. No me permitía pensar en mi mano sobre su brazo. Ignoraba la automática respuesta de mi cuerpo a su aroma. O su firme y tersa piel bajo mi palma, que me hacía anhelar acariciarla por todas partes. No sentía. No podía sentir. Al margen de que ya había sentido demasiadas cosas ese día, cuando Imogen me había dejado claro que ella, también, se sentía tan avergonzada de mí como yo mismo.

«Tú no quieres sentir», me susurró ásperamente mi voz interior. Era la verdad. Y yo había edificado mi vida sobre esa verdad, ¿no? ¿Sin importarme el precio?

–Javier… –empezó ella cuando salimos al exterior.

Oíamos desde allí la música del baile, iluminando la oscuridad. El resplandor de las lámparas de araña del interior del palacio bailaba sobre las piedras de la fachada. Pero la temperatura había descendido significativamente, dentro y fuera de nuestros cuerpos, y nuestros abrigos ofrecían poca protección contra el frío reinante.

Mi esposa pareció entonces pensarse mejor lo que iba a decirme, porque se interrumpió y ya no volvió a hablar mientras subíamos a la góndola. O cuando me quité la máscara y la arrojé al agua en un gesto de furia que no pude disimular. Navegábamos por el Gran Canal, pero esa vez yo no me quedé maravillado por la vista de los palacios que lo flanqueaban. Necesitaba permanecer tranquilo. Contenido. Siempre había habido un monstruo en mí, pero no el que su padre y aquella manada de lobos se imaginaban.

Ella me había confesado su amor y su declaración latía en mi sangre como un terrible retumbo, oscuro y peligroso, resbaladizo y seductor. Y yo no quería formar parte de aquello. Atravesamos la laguna hasta atracar en el embarcadero del hotel, sin que yo hubiera pronunciado una sola sílaba hasta ese momento.

La fachada iluminada del hotel le daba un aspecto festivo, a pesar de que nosotros éramos sus únicos clientes, tal y como yo había deseado. Había despachado a la servidumbre del hotel y sentía la mordedura del frío viento de la laguna como un regalo, ya que me permitía mantenerme concentrado, controlado. Porque me recordaba quién era yo en realidad.

–No vuelvas a hacer eso –le espeté, brusco, una vez fuera de la góndola–. No te corresponde a ti decidir cuándo nos marchamos de un lugar. Sobre todo cuando tengo negocios entre manos.

–Tú habrías podido quedarte, si ese era tu deseo. Yo no te pedí que me acompañaras. Simplemente dije que estaba harta de aquello.

Parecía diferente. O quizá hubiera vuelto a ser ella misma, de nuevo. La criatura a la que había conocido en la casa de su padre en Francia apenas unas semanas atrás, toda una eternidad según mi percepción. No desvió la vista cuando la miré ceñudo.

Aquella noche, Imogen estaba… electrizante. La cascada de sus rizos se derramaba sobre sus hombros como puro fuego. Le brillaban los ojos en la oscuridad, invitadores y poderosos a la vez. Me recordó a una antigua diosa surgida de las aguas. No anhelaba otra cosa que venerarla. Pero me había pasado aquellas últimas semanas haciendo precisamente eso, y… ¿qué había conseguido?

Una aparente declaración de amor. Más dispuesto estaba yo a creer que fuera realmente una diosa a que estuviera enamorada de mí. Me dirigí al portal a paso rápido, y ella tuvo que acelerar el paso para seguirme.

–¿Me vas a seguir durante todo el camino hasta nuestras habitaciones? –pregunté entre dientes cuando atravesaba el patio hacia la alta doble puerta de la fachada, que uno de los sirvientes abrió discretamente.

–Solo si tú me obligas a ello. Y yo que creía que el gran y poderoso Javier jamás evitaba una discusión huyendo…

Me alcanzó con gesto serio y desafiante. No parecía haber perdido el resuello después de haber atravesado el patio casi a la carrera, pese a los zapatos que llevaba. Entré en el edificio, sin haber tomado aún una decisión sobre la furia que hervía en mi interior. Dudaba que fuera capaz de reprimirla, pese a la convicción que tenía de que no debía hacerlo. Porque no quería sentir nada de aquello. No quería sentir nada en absoluto.

Imogen entró detrás de mí y me siguió a través del vestíbulo. Podía escuchar su taconeo en los suelos de mármol, mis propios pasos en el lúgubre silencio. Y el latido de mi corazón, tan atronador como el rugido del mar. Entramos juntos al ascensor y cada uno se situó en lados opuestos, midiéndonos con la mirada.

–¿Qué te ha pasado? –le pregunté.

–Nací como una Fitzalan. Luego me casé. No puedo decir que me hayan sucedido muchas cosas interesantes entremedias.

Bien lo sabía yo. Aquello había durado demasiado tiempo, aquel incendio. Debí haberlo apagado la primera vez que la vi en casa de su padre. Nunca debí haberla llevado a La Angelita y, una vez que descubrí lo que ardía entre nosotros, nunca debí haber prolongado tanto la relación. La responsabilidad era mía. Y la asumía.

Así que no había razón alguna para que me la quedara mirando embelesado, ataviada con aquel precioso vestido negro, con el oro rojizo de su melena destacando contra la dorada pared del ascensor.

–Creo que conocías las intenciones que tenía esta noche. ¿Qué te sucedió en el baile?

Esa vez no sonrió. Lo que, de algún modo, atrajo mi atención a su boca, a aquellos labios de fresa que había saboreado tantas veces, sin llegar a saciarme nunca.

–Mi hermana me sugirió que me enfrentara con la realidad. Y yo me negué.

No había pensado en Celeste ni una sola vez, solo en ese momento me di cuenta. Ella debió de haber estado allí, por supuesto. Los bailes benéficos anuales de ese tipo eran exactamente la clase de lugares en los que le gustaba brillar a Celeste. Si había estado allí, me había pasado desapercibida completamente. ¿Qué era un poco de brillo cuando mi esposa era el mismo sol? Yo mismo me quedé consternado por aquel pensamiento.

–Tu hermana es la última persona sobre la tierra que esperaría que se pusiera a disertar sobre la realidad. Teniendo en cuenta lo poco inspiradora que es la suya.

El ascensor se detuvo en nuestra planta. Las puertas se abrieron directamente al vestíbulo de la suite. Esa vez fue Imogen quien se movió primero, atravesándolo hasta el gran salón decorado con la misma suntuosidad que el resto del hotel, lleno de estatuas clásicas y antigüedades.

Se dirigió al centro del salón, dejando que yo la siguiera obediente, casi como si fuera su mascota. Y, cuando se volvió para mirarme, seguía sin aparentar el menor remordimiento por lo que había hecho.

—Pudiste haberte casado con ella. ¿Por qué no lo hiciste?

Tardé un momento en comprender el significado de su pregunta. Fruncí el ceño.

—Creo que ya nos ocupamos con detalle de ese asunto la víspera de nuestra boda. Si la realidad que Celeste quería tratar contigo tenía algo que ver conmigo, deberías saber que ella no es en absoluto una experta sobre este tema.

—Javier, ¿ella te amaba?

La manera en que formuló la pregunta parecía sugerir que sabía algo que yo no. Y peor aún, yo no concebía que unos simples celos fueran la causa. A los celos sí que podía enfrentarme, pero no tenía la menor idea de lo que podía ser aquello.

—Tu hermana y yo apenas nos conocimos —me costaba hablar de tanto como estaba apretando la mandíbula, a la vez que los puños—. Y, con el tiempo, he considerado eso como una gran bendición. Tú conoces a Celeste mejor que nadie, Imogen. ¿La crees capaz de amar a alguien?

No temblaba. No exactamente. Y, sin embargo, algo parecía agitarse en su encantador rostro.

—No.

—En cualquier caso, tienes que dejar de hablar de amor —la previne con una voz que era poco más que un gruñido—. No hay lugar para esas cosas en un acuerdo como el nuestro. Ni en la clase de vida que llevamos.

—Lamento que digas eso —repuso ella—. Pero eso no cambia el hecho de que te amo, Javier.

El tormento que padecía se intensificó aún más, lúgubre, sombrío.

—El amor es el opio de los débiles —le espeté—. No es más que sexo bien adornado.

—Eres el hombre más poderoso que he conocido. Y sin embargo dejaste que mi padre te echara de su casa diez años atrás, lo que me hace suponer que tú mismo querías marcharte. Pero luego volviste y te casaste con la única hermana que quedaba disponible. No con la que pretendiste la primera vez.

Yo no sabía a dónde quería ir a parar. Solo sabía que no me gustaba nada.

—Eras virgen, Imogen. Puedo entender por qué todo esto es tan difícil para ti. Las vírgenes sois tan influenciables…

—Ni siquiera sabías que ella iba a ir a la fiesta, ¿verdad?

Aquello me tomó por sorpresa. Otra desagradable sensación que solo Imogen parecía capaz de provocarme.

—No —supe que no debería haber dicho eso cuando ella sonrió como si yo acabara de hacerle algún tipo de confesión—. ¿Por qué te empeñas en seguir hablando de tu hermana?

—Es un rumor que corre por ahí. Dicen que si te casaste conmigo fue solamente para llegar hasta ella. Supongo que ella también lo piensa.

—Yo no la deseo —no era mi intención decir eso, tampoco. Y además lo dije con un furioso gruñido—. Ella consiguió lo que quería y yo también. No hay segundas oportunidades por lo que a mí respecta, Imogen.

No entendí la expresión con que me miró en aquel momento. Casi como si le estuviera causando dolor.

Pero seguía sonriendo, aunque con el tipo de sonrisa que yo sentía como un golpe.

–No me importa por qué te casaste conmigo –dijo ella al cabo de un rato–. No me importa que fuera algo puramente mercenario o un medio para conseguir un fin, como todos piensan. Me da igual. Lo que me importa es lo que sucedió desde entonces.

Nuevamente mi corazón estaba latiendo acelerado, con aquel retumbar terrible e insistente. Reconocí aquel latido. Me recordaba a cuando era un crío, cuando me escondía de los demonios de mis padres en repugnantes casuchas, rodeado por gente desesperada. Ahuyenté aquel recuerdo. Pero la furia que sentía no hizo sino aumentar.

–Una vez más, Imogen, estás confundiendo el sexo y la pasión con otra cosa. Pero esa otra cosa no existe. No puede existir.

Le brillaban los ojos y yo no quería comprender lo que veía en ellos, por lo muy cerca que estaba de empezar a flaquear.

–Te amo, Javier –dijo Imogen–. No creo que eso sea algo que tú puedas despachar así sin más.

–Piensas que me amas –maseullé. Tenía la sensación de que me estaba volviendo de piedra–. Pero yo sé que no es verdad.

–¿Ah, no?

–Todo es una mentira. El amor es una debilidad. Un cuento de hadas que la gente se cuenta a sí misma para excusar lo peor de su comportamiento. Nuestro matrimonio está basado en algo mucho mejor que el amor.

–¿El dinero, quizá? –sugirió, desafiante–. ¿El veleidoso sostén de viejos egoístas?

–Ninguno de los dos se casó a partir de expectativas que no fueran realistas. Y esto es más de lo que puede decir cualquier estúpido que se crea enamorado.

–Pero yo quiero algo más –replicó Imogen, con los ojos cada vez más brillantes–. Yo lo quiero todo, Javier. ¿Qué sentido tiene pretender otra cosa?

Sabía que podía contraatacar con otros argumentos. O, mejor aún, retirarme y dar por terminada aquella conversación. No comprendía por qué no hacía ninguna de aquellas dos cosas. O por qué seguía allí paralizado, contemplando a mi esposa como si no la reconociera en absoluto. Y eso cuando había creído saberlo todo sobre ella. Desde los poemas que leía hasta los gemidos que soltaba cuando el placer que le proporcionaba resultaba casi insoportable.

–Ya te dije que yo no tolero las mentiras. El amor es una mentira, Imogen. Y yo nunca volveré a construir mi vida sobre mentiras.

Emitió un sonido que habría podido ser tanto un suspiro como un sollozo. Se tambaleó ligeramente, como si se fuera a caer, y yo tuve que obligarme a permanecer quieto. Pero de repente vi que cuadraba los hombros, como un luchador dispuesto a la pelea.

–Demuéstrame que es mentira.

Al principio no entendí lo que quería decir. Pero, mientras la observaba, ella se llevó una mano al broche del hombro que sujetaba su vestido. Y de repente solo pude contemplar, en medio de una mezcla de estupor y enloquecido deseo, el lento deslizamiento de aquella preciosa tela negra a lo largo de su sensual cuerpo, como si fuera una caricia, hasta el suelo.

Me quedé paralizado, como si me hubiera convertido en una estatua más de las que adornaban aquel salón. En los ojos color cobre de Imogen brillaba algo más que una invitación. En sus profundidades brillaba un conocimiento que yo me negaba a aceptar.

–Me crie entre delincuentes –me oí decir a mí mismo como si alguien me hubiera arrancado las palabras–. Traficaban con mentiras y veneno, en las cloacas más infectas. Y el amor no era para ellos más que una de las drogas que vendían, un estímulo que desaparecía antes del amanecer.

Pude ver cómo asimilaba aquella información mientras esperaba la censura. El asco. Vi la emoción agitándose en su rostro como una tormenta, pero no se retrajo tal y como yo había esperado. En lugar de ello, me miró con una especie de comprensión que yo quise negar con todas mis fuerzas.

–Podemos jugar al juego que quieras, Javier –replicó mi esposa como si ella fuera quien poseyera años de experiencia en ese terreno–. Podemos empezar con uno bien fácil, ¿te parece? Cuando mienta, me pararé.

–Imogen.

Era una orden, pero no me hizo ningún caso. No sabía si podría sobrevivir a aquello. Tampoco estaba seguro de qué era lo peor: que ella me obedeciera, que volviera a cubrirse, para dejar de confundirme con la vista de su cuerpo desnudo… O que no lo hiciera.

Imogen se despojó del sujetador. Luego se inclinó y enganchó los dedos en el borde de su braga de encaje. Estuve a punto de tragarme la lengua mientras la veía bajarse la braga a lo largo de sus bien torneadas piernas. Seguía mirándome a los ojos cuando dejó la prenda a un lado y se quitó los zapatos de tacón.

Finalmente, mi esposa se irguió ante mí como la diosa que sospeché que era desde el primer momento en que la sorprendí mirándome en aquella terraza. Su cascada de rizos rojo dorados se derramaba sobre sus hombros, atrayendo la mirada hacia sus pezones y, más abajo, hacia la suave mata de vello del mismo color.

–¿Es esto una mentira? –me preguntó, desafiante, al tiempo que se dirigía hacia mí.

Se me había secado la garganta. El pulso me atronaba a toda velocidad, concentrándose en mi sexo.

Se plantó ante mí. Yo podía distinguir el aroma del jabón que solía usar, mezclado con el de su cálida piel. Y, debajo, el dulce, delirante de su excitación. Yo mantenía las manos pegadas a los costados, cerrando y abriendo los puños. Pero no la toqué.

–¿Y esto? –murmuró con voz ronca, casi demasiado seductora de soportar.

Pero entonces fue ella la que me tocó, mostrándome nuevas maneras de arder. Sobre todo cuando deslizó los dedos por mi abdomen, y fue descendiendo hasta llegar a la prueba misma de mi deseo.

–¿Qué es lo que quieres? –exigí saber.

–A ti –respondió–. Solo te quiero a ti, Javier. Yo te amo…

Ya había tenido suficiente. Oí el sonido que salió de mi garganta, como una especie de rugido. La estreché en mis brazos y me apoderé de su boca. No hubo delicadeza alguna en el contacto. Si yo era un animal, el monstruo que siempre habían dicho que era, lo estaba demostrando. La levanté del suelo, la llevé al diván y allí la tumbé.

Me eché sobre ella, incapaz de concentrarme en otra cosa que no fuera mi propio deseo y en la manera que tenía de alzar las caderas al encuentro de las mías, antes de que yo hubiera terminado de forcejear con mi pantalón. No hubo tiempo. No hubo juegos. Solo existía aquello. Solo la profunda, fluida penetración en su húmedo calor.

–¿Es esto una mentira? –repitió en un susurro mientras yo me perdía en aquel ritmo. En los profundos y fluidos embates de entrada y retirada.

Yo no creía en el amor. Quería que todo aquello fuera una mentira. Aquel era el único mundo que conocía. Pero me costaba recordar lo que sabía con Imogen debajo de mí, aferrándome con tanta fiereza como yo a ella. Me costaba recordar hasta mi propio nombre cuando ella acudía a mi encuentro, espoleándome, enredando las piernas en torno a mi cintura y arqueándose para recibirme aún más profundamente.

Y la primera vez que ella explotó, yo no aflojé el ritmo. Continué y continué, hasta que ella se puso a sollozar mi nombre de la manera que tanto me gustaba.

Solo cuando ella se convulsionó por segunda vez, me permití gozar del orgasmo. Pero no era suficiente. Cuando pude volver a respirar, me levanté. Me despojé del resto de la ropa y volví a levantar a mi estremecida esposa en brazos. Atravesé con ella la inmensa suite y no la solté hasta que llegué al dormitorio.

La tumbé en la cama, me eché a su lado y, por fin, retomé lo que había interrumpido. La poseí de todas las maneras imaginables. La saboreé, por todas partes. La hice llorar, y luego chillar. La poseí en la ducha, nos enjabonamos y aclaramos juntos, y después empecé de nuevo en medio de nubes de vapor. La poseí y la veneré.

Y, si había un punto de mentira en la cantidad de cosas que hicimos, no pude encontrarlo.

Entraba una luz rosada por las ventanas cuando Imogen se quedó por fin dormida. Yo me senté en el borde de la cama mientras me esforzaba por desviar la mirada de aquella dulce imagen. Me costó trabajo hacerlo.

Sabía que ella no cesaría de hablarme de amor. Cargaría contra ese molino de viento una y otra vez. Mientras que yo me había pasado toda mi vida adulta contándome a mí mismo la verdad. O intentándolo. De manera que ahora no podría hacer menos.

Yo era un hombre, no el monstruo que ellos se ima-

ginaban que era. O que yo mismo creía que era. Y, si
había alguna criatura en la tierra capaz de hacerme creer
en cosas que yo sabía eran mentiras, esa era Imogen.

Y eso sí que no podía hacerlo. No pude soportarlo.
Fue así como yo, que jamás había huido de nada, me
encontré huyendo aquel amanecer en Venecia. Corriendo como alma que llevara el diablo de una mujer
de rizos rojos y dorados y una sonrisa imposiblemente
dulce que me atravesaba cada vez que la miraba. Una
mujer con un espíritu desafiante que yo ansiaba saborear, no aplastar… y, para colmo, absolutamente inconsciente de hasta qué punto me había destrozado la
vida.

Capítulo 13

Imogen

Las Fitzalan aguantaban.

Eso fue lo que me dije a mí misma cuando me desperté aquella mañana en Venecia y descubrí que estaba sola. Y sin Javier allí para insistir en aquellas verdades que parecía odiar tanto, me mentí. Me dije a mí misma que habría salido un momento, nada más. Quizá para resolver algún negocio. O para hacer un poco de ejercicio. Pero, muy en el fondo, lo sabía.

Se había marchado.

Su plantilla de servicio llegó a mediodía. Yo no monté escena alguna, ni siquiera les hice preguntas. Tras ocuparse del equipaje, me guiaron fuera del desierto hotel. No miré hacia atrás. Ni siquiera pregunté cuál era mi destino una vez que me embarcaron en un avión, que por cierto no era el de Javier. Con la mirada clavada en la ventanilla, me pregunté dónde estaría, a dónde habría vuelto… Y cuándo regresaría. Eso si acaso tenía intención de regresar.

No sabía si sentirme aliviada o dolida cuando aterrizamos en La Angelita. Contuve el aliento cuando el coche se detuvo ante la villa, mientras me contaba a mí misma un millar de diferentes y desesperadas historias acerca de las razones que habría tenido Javier para volver allí con tanta precipitación. Entraría, pasaría por delante de la mesa del vestíbulo que todavía me hacía ruborizar cada vez que la veía, y él estaría allí para recibirme con una sonrisa… Pero no estaba allí.

Durante la primera semana, saltaba al menor movimiento. Cada vez que oía abrirse una puerta. Cada vez que se levantaba el viento, que temblaba una ventana. Daba un salto y me quedaba esperando a verlo aparecer. Pero Javier no volvió.

Fue en algún momento de la tercera semana cuando me encontré sentada en su biblioteca, rodeada de libros que, por primera vez en mi vida, no me proporcionaban consuelo alguno. Estaba releyendo una de mis novelas favoritas, pero ni siquiera eso me consolaba. Tenía jaqueca y estaba a punto de llorar, un estado que parecía empeorar día a día.

Pensé en la larga historia de los Fitzalan, tan enrevesada y complicada, que había acabado conmigo allí, sola. Me descubrí pensando en mi hermana y en la vida que llevaba. Pese a que los recuerdos de mi discusión con ella todavía me dolían, sentía una cierta compasión hacia ella. Celeste tampoco había podido elegir en cuestiones de matrimonio. ¿Cómo sería estar encadenada a un anciano conde hasta la muerte? La verdad era que yo había tenido suerte. Amaba a Javier. Más aún, no podía evitar pensar que él me amaba también, aunque fuera de manera inconsciente.

Si el matrimonio era para siempre, y yo sabía bien que aquel lo era, entonces no importaba cuánto tiempo permaneciera ausente Javier. No tenía por qué salir en su persecución. Ya le había dicho todo lo que tenía que decirle en Venecia.

Lo único que tenía que hacer ahora era esperar.

Los días fueron pasando, azules y luminosos como siempre. Y me descubrí menos interesada en disfrutar del ocio que en buscarme alguna ocupación, ahora que no había nadie allí para llevarme la contraria.

–No creo que al señor Dos Santos le guste que utilice usted su despacho –me comentó el preocupado mayordomo cuando me encontró sentada ante la imponente mesa de trabajo de mi marido, utilizando su ordenador.

–¿Por qué no?

–El señor es muy celoso de su intimidad. No le gusta que nadie entre aquí durante su ausencia.

–Pues entonces es una lástima que no esté aquí él mismo para decírmelo –repliqué, indignada.

No podía ponerme a trabajar como los demás, eso era cierto. Pero sí que podía hacer mi parte, y eso fue lo que hice. Y, si Javier tenía alguna objeción con la manera en que opté por gastar su dinero en lo que yo entendía eran obras benéficas, el problema era de él, no mío. Siempre le quedaba la opción de planteármela en persona volviendo a la isla.

Ocupé mis días llenando mi alma con toda aquella luz del Mediterráneo. Paseaba entre las filas de olivos, buscando alguna señal de la llegada de la primavera. Al anochecer me sentaba a mirar las estrellas en el borde de la piscina, en la puerta de mi dormitorio. Recorría las impolutas playas de los cuatro costados de la isla, embebiéndome de la fresca brisa del mar. Le hablaba al océano cuando nadie me oía. Y siempre lo sentía contestarme con el implacable ritmo de las olas al chocar contra la costa. Me contaba historias de resistencia. De paciencia.

Había transcurrido un mes desde el baile de máscaras de Venecia cuando me desperté a la hora que tenía por costumbre. Me desperecé en la vasta cama donde yacía sola por las noches torturándome con los recuerdos de aquellas primeras semanas en la isla, cuando llegué allí por primera vez. Cuando Javier me robó mi virginidad y mi corazón y me hizo ver la luz. Parpadeé varias veces, deslumbrada por el sol que entraba por las ventanas.

De repente, cuando me disponía a levantarme para disfrutar del primer baño de la mañana en la piscina, me entraron unas náuseas horribles. Apenas tuve tiempo de entrar en el cuarto de baño.

Solo cuando hube terminado de vomitar, sentada en el suelo de baldosas con una toalla fresca en la cara, se me ocurrió que quizá la cena de la víspera no hubiera tenido la culpa. No llevaba puesta más que una de las camisas de Javier que había tomado de su armario, con tal de sentirme más cerca de él. Con la espalda apoyada en la pared, me acariciaba el vientre con una mezcla de asombro y maravilla.

No había vuelto a llorar desde aquella mañana en Venecia. No desde que finalmente había aceptado el hecho de que Javier me había dejado. Aquella mañana en el hotel me había levantado de la cama para ducharme porque sabía que era imposible que Javier me hubiese abandonado a mis propios medios, no después de lo que había pagado por mí. Había sabido que su plantilla de servicio no tardaría en volver, más tarde o más temprano. Había sido consciente de la necesidad que tenía de vestirme y prepararme.

Pero antes de eso, había permanecido durante largo rato bajo el chorro de agua caliente de la suite de aquel hotel veneciano, y había llorado.

Estas lágrimas de ahora eran diferentes. Un mes después seguía experimentando aquella misma desesperación, pero esta vez era distinto. Porque por debajo latía una tremenda, irresistible alegría. Sabía que, en mi mundo, los bebés eran vistos más como una garantía de seguridad y de supervivencia, que como personas. Eran vistos como herederos, aunque, si nacían demasiados, la herencia podía verse diluida. Y, si eran demasiado pocos, una imprevista tragedia podía hacer que toda aquella riqueza y toda aquella historia fueran a parar a manos de otros. Pero allí, en aquella villa que era el único lugar donde había sido verdaderamente feliz, me olvidé de todo eso.

–No me importa lo que digan –prometí en un susurro feroz a la nueva vida que estaba surgiendo en mi interior–. Siempre te querré.

Me lavé la cara hasta borrar todo rastro de lágrimas y llamé a mi doncella para pedirle lo que necesitaba. Dos horas después recibí un paquete de la farmacia más cercana, en tierra firme. A los quince minutos pude confirmar que, efectivamente, estaba embarazada de Javier.

Aquel mismo día, cuando la noche me sorprendió sentada en mi sillón favorito de la biblioteca, oí el mismo tipo de ruido que siempre oía. Y, como siempre, alcé la vista del libro que estaba leyendo, esperando escuchar el viento o ver pasar precipitadamente a alguno de los criados.

Pero, esa vez, a quien vi fue a Javier. Plantado ante mí, después de todas aquellas semanas de ausencia. Y con una mirada asesina en los ojos.

Capítulo 14

Javier

Estaba bellísima.

La visión me golpeó con la fuerza de un martillo, quitándome el aliento.

Estaba sentada en un sillón con un grueso libro sobre el regazo. Yo llevaba ya algún tiempo contemplándola desde el umbral sin que ella se hubiera dado cuenta, tan concentrada como había estado en su lectura.

Aquello era un verdadero tormento. Estaba morena del sol, de los paseos por la isla que, según me había informado mi plantilla, daba diariamente. Y estaba embarazada. Llevaba un hijo mío en sus entrañas. «Mío».

Alzó la mirada y al instante me pregunté si no habría sido consciente de mi presencia allí durante todo el tiempo.

—Hola, Javier —me saludó, como si hubieran transcurrido apenas un par de horas desde la última vez que me vio—. No te esperaba.

—¿De veras?

No esperé su respuesta. No supe qué fue lo que se apoderó de mí en aquel momento. Furia, ciertamente. Algo parecido al pánico. Y aquella misma oscura corriente de necesidad y anhelo que me había estado persiguiendo por todo el planeta, allá a donde había ido. Y que, de alguna forma, resultaba todavía peor ahora que estábamos en la misma habitación.

–Renuncié a esperarte ya en la primera semana –me dijo, y el tono que utilizó me dejó impactado por su pragmatismo–. ¿Cuánto tiempo piensas quedarte?

–Me han dicho que tienes una noticia que compartir conmigo, Imogen. Quizá deberíamos empezar por ahí.

–¿Una noticia?

–Supongo que no te habrás imaginado que podías pedirle a mi plantilla un test de embarazo sin que yo me enterara –entré en la sala, esperando verla encogerse en su sillón. Pero ella simplemente se me quedó mirando con un brillo de inteligencia en sus ojos color cobre–. No hay nada que hayas hecho en esta casa de lo que yo no haya sido informado al momento.

Alzó la barbilla con aquel gesto de desafío con el que había soñado tantas veces.

–Si tienes alguna queja por las decisiones que he tomado en cuestión de donativos benéficos, estaré encantada de sentarme contigo a discutirla.

–¿Es así como funciona nuestro matrimonio? ¿O como funciona cualquier matrimonio?

–Si no es así, en cualquier caso se trata de hablar. De que te sientes a hablar conmigo cara a cara. De tener una conversación, vamos –se encogió de hombros con una naturalidad que me dejó pasmado–. Porque llevar un matrimonio sola es algo ciertamente duro para cualquier mujer.

Me descubrí rodeando su sillón, al igual que había estado rodeando aquella isla desde que la dejé en Venecia, dando vueltas cada vez más amplias por todo el mundo, ocupándome de mis variados negocios allí donde me reclamaban. Y luchando siempre contra la tentación de regresar directamente. Con Imogen.

–Eso depende, creo, de la idea que tengas tú de nuestro matrimonio –me sentía embargado por una especie de negra furia que no había sido capaz de domi-

nar durante semanas, y que había empezado a sospe-
char que no era furia, sino un sentimiento muy diferente–.
Te compré por un propósito muy específico. Jamás
oculté mis intenciones. Fuiste tú quien cambió las reglas, quien lo hizo todo…

–¿Real?

–Yo no sé qué es lo real –gruñí, consciente de que
estaba empezando a perder el control rápida, completamente. Pero no podía evitarlo–. No tienes ni idea de lo
que supone tener una infancia como la que he tenido
yo.

–No, eso es verdad.

Aquel reconocimiento me sorprendió tanto que me
quedé paralizado. Y entonces vi que se levantaba, con
aquel precioso vestido de verano, descalza, con las
uñas de los dedos pintadas de rosa. No habría podido
despegar la mirada de su cuerpo ni aunque mi vida hubiera dependido de ello. Parecía haberse convertido en
una diosa durante mi ausencia, y ahora era peor aún.
Porque sabía que llevaba un hijo mío en sus entrañas.
No podía verlo, todavía no, pero lo sabía.

Aquello la había vuelto aún más hermosa. Lo había
vuelto todo aún más hermoso, y yo no sabía cómo ges-
tionarlo. Hermosura. Amor. Imogen. Y lo único que
sabía era que no estaba hecho para la felicidad.

–No conozco los detalles precisos de tu infancia.
Conozco los hechos básicos. Conozco lo poco que tú
mismo me has contado, cuando creías poder usar tu
pasado como arma. Y nunca sabré nada más que eso, a
no ser que tú me lo cuentes. Al igual que hay cosas de
mí que tú nunca sabrás a no ser que te quedes a mi lado
para preguntármelas. Pero eso no importa, porque
nuestro matrimonio durará para siempre. Para eso na-
ció como un arreglo de negocios –alzó una mano en un
gesto de indiferencia y yo deseé con toda mi alma to-

mársela, acariciársela–. Y por eso tendremos todo el tiempo del mundo para contárnoslo todo. Con todos los detalles, poco a poco.

Era el término «arreglo de negocios» lo que yo no podía asimilar, además de aquella ligera mención a los «detalles» cuando yo ya había compartido con ella más confidencias de lo que había hecho con nadie en el mundo. «Arreglo de negocios» no era en absoluto una expresión errónea a la hora de describir nuestro matrimonio, y sin embargo me desgarraba por dentro.

–Basta ya de hablar de amor.

No fue hasta que hube pronunciado aquellas amargas palabras en el silencio de la biblioteca cuando me di cuenta de lo mucho que había deseado volver a escuchar la declaración de amor que tanto había desdeñado en Venecia. O de lo seguro que había estado sobre su sinceridad. De repente vi arder un fuego cobrizo en sus ojos.

–Tú ya tienes todo lo que quieres, Javier. La heredera Fitzalan de tus sueños. Un hijo que asegure tu patrimonio. Y justo cuando yo empezaba a hacerme ilusiones sobre mi situación, decidiste ponerme en mi lugar. Solo tuve que mencionar la palabra «amor» para que me castigaras con un mes de confinamiento solitario –arrugó la nariz–. Aunque no puedo quejarme. He pasado mucho más tiempo en prisiones peores que esta.

–La Angelita no es para nada una prisión.

–Yo te quiero, estúpido –me espetó, desesperada–. Y ese sentimiento no va a desaparecer solo porque tú lo hagas.

–No saliste a buscarme –gruñí.

–Javier… –susurró, al tiempo que apoyaba una mano sobre su vientre, allí donde sabía que estaba creciendo mi hijo.

Y, de pronto, algo se rompió dentro de mí.

–Me has destrozado la vida –le espeté como acusándola de algún nefando crimen–. Te apoderaste de mi hogar. Te apoderaste de mi corazón cuando yo ni siquiera sabía que existía. Me dejaste sin nada. ¿Y tú hablas de prisión? He pasado estas últimas semanas volando de país en país, cuando lo único que me importaba… eras tú. El mundo entero es una prisión sin ti.

Entreabrió los labios como si no pudiera dar crédito a lo que estaba oyendo.

–Puedes tener a cualquier mujer que se te antoje.

–¡Pero te escogí a ti! –troné–. ¿Es que no lo entiendes? Lo único que yo quería era coleccionar. Ganar. Tú no tenías por qué sentir nada, solo tenías que tomar el dinero. Y yo siempre he tenido el dinero. Pero entonces en Venecia me dijiste que me querías y ya nada ha vuelto a ser lo mismo desde entonces.

–Porque te amo –repitió Imogen, con aquella misma certidumbre que había exhibido en Italia.

Aquellas palabras me habían perseguido por todo el mundo. Y ella había vuelto a pronunciarlas.

–Yo no sé lo que es eso –le confesé, emocionado–. Pero sé que una colección no es una vida. Y yo quiero vivir. Quiero conocer a mi hijo. Quiero criarlo. No como mis padres me criaron a mí, en un ambiente de locura y de miseria, ni como tu padre te crio a ti, encerrándote continuamente. Quiero vivir, Imogen. Y supongo que lo que siento debe de ser amor, porque no encuentro ninguna otra palabra para nombrarlo.

Aquello debía de haber sonado a otra acusación, pero ella simplemente susurró mi nombre. Como si estuviera rezando. Quizá fue por eso por lo que me vi de pronto de rodillas ante ella, con mis manos sobre aquel vientre que tantas veces antes había acariciado y saboreado, y que ahora contenía el germen de mi propia familia. El futuro. Todas las esperanzas y sueños que me había negado a mí mismo.

–No puedo vivir con mentiras –le dije, alzando la cabeza para poder admirar aquellos rizos. Aquellos ojos brillantes. Aquellos labios rojos como fresas, que temblaban–. Pero es que no sé sentir…

–Sí que sabes –me acunó el rostro entre sus manos–. Puedes llamarlo sexo, si quieres, para quitarle importancia. Pero no es solo sexo, Javier. Nunca lo fue.

–¿Cómo lo sabes? Nunca has estado con nadie más.

–Porque lo sé.

Y, una vez más, me pareció una mujer terriblemente sabia, demasiado para su edad. Mucho más poderosa y segura que la muchacha excesivamente protegida que había sido.

Entonces lo comprendí. Ella era todas aquellas cosas y más. Todo lo que yo necesitaba. Yo había comprado una novia, pero ella me había dado la vida.

–Creo que me perdí a mí mismo en el momento exacto en que alcé la mirada en aquel balcón y te vi –le confesé con feroz seguridad.

–Yo me casé con un monstruo –susurró ella con una sonrisa tan luminosa que tuve la sensación de que el suelo se ponía a temblar bajo mis pies–, que de hecho terminó convirtiéndose en el mejor de los hombres. Y, mejor todavía, en el mío.

–Sí, el tuyo. Para siempre.

Imogen se arrodilló conmigo, echándome los brazos al cuello, y algo en mi interior pareció aflojarse.

–Te amo.

Lo que estaba sintiendo dentro de mí era la verdad. Una verdad que me había estado negando durante demasiado tiempo. Que me había estado persiguiendo por todo el mundo, sin soltarme.

–Yo también te amo, Imogen –repuse precipitadamente. Y, cuando la vi sonreír, con aquella sonrisa más luminosa que el propio cielo del Mediterráneo, lo repetí, para descubrir que cada vez me resultaba más fácil decirlo–. Te amo.

La besé en la boca, maravillado. Me incliné luego para acariciarle el vientre al tiempo que posaba los labios en su ombligo. Y le demostré entonces lo que era amarla, venerando cada centímetro de su precioso cuerpo. La amé demostrándole de todas las maneras posibles que nunca, jamás volvería a abandonarla, allí mismo, en el suelo de aquella biblioteca.

Y, cuando ella estuvo hecha un ovillo en mis brazos, temblando y riendo, con el rostro enterrado en mi cuello mientras se esforzaba por recuperar el aliento, lo comprendí al fin. El matrimonio Dos Santos era un matrimonio por amor, no un simple acuerdo de negocios, y esa innegable realidad confundiría a todo el mundo. Se añadiría a nuestra leyenda. Me haría más poderoso y convertiría a Imogen en un icono, y sin embargo nada de todo aquello nos importaría demasiado. Porque lo único realmente importante éramos nosotros. Nuestra manera de tocarnos. Los niños que criaríamos juntos. La vida que llevaríamos, juntos para siempre.

Aquello era amor. Siempre lo había sido. Aquella pasión era nuestro templo, y aquellos estremecedores goces, nuestros votos. Y los pronunciaríamos día tras día, durante el resto de nuestras vidas.

Bianca

**Estaba dispuesto a convertirla
en su reina del desierto**

EL BESO DEL JEQUE

Sharon Kendrick

Lo último que se esperaba Hannah Wilson, una sensata camarera de habitaciones, era que el jeque Kulal al Diya la llevara a una glamurosa fiesta. La intensa química que había entre ambos y un apasionado beso los condujo a la noche más maravillosa de la vida de ella… con inesperadas consecuencias. Ahora Kulal estaría dispuesto a hacer lo que fuera para reclamar a su heredero.

Acepte 2 de nuestras mejores novelas de amor GRATIS

¡Y reciba un regalo sorpresa!

Oferta especial de tiempo limitado

Rellene el cupón y envíelo a
Harlequin Reader Service®
3010 Walden Ave.
P.O. Box 1867
Buffalo, N.Y. 14240-1867

¡Sí! Por favor, envíenme 2 novelas de amor de Harlequin (1 Bianca® y 1 Deseo®) gratis, más el regalo sorpresa. Luego remítanme 4 novelas nuevas todos los meses, las cuales recibiré mucho antes de que aparezcan en librerías, y factúrenme al bajo precio de $3,24 cada una, más $0,25 por envío e impuesto de ventas, si corresponde*. Este es el precio total, y es un ahorro de casi el 20% sobre el precio de portada. ¡Una oferta excelente! Entiendo que el hecho de aceptar estos libros y el regalo no me obliga en forma alguna a la compra de libros adicionales. Y también que puedo devolver cualquier envío y cancelar en cualquier momento. Aún si decido no comprar ningún otro libro de Harlequin, los 2 libros gratis y el regalo sorpresa son míos para siempre.

416 LBN DU7N

Nombre y apellido	(Por favor, letra de molde)
Dirección	Apartamento No.
Ciudad	Estado	Zona postal

Esta oferta se limita a un pedido por hogar y no está disponible para los subscriptores actuales de Deseo® y Bianca®.
*Los términos y precios quedan sujetos a cambios sin aviso previo.
Impuestos de ventas aplican en N.Y.

SPN-03

DESEO

*En cuanto ella dijo "sí, quiero",
su plan se puso en marcha...*

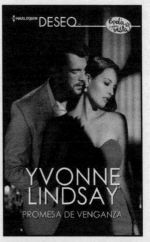

Promesa de venganza

YVONNE LINDSAY

Un matrimonio concertado con Galen Horvath era el primer paso para la venganza de Peyton Earnshaw contra la familia de él. Por su parte, Galen tan solo accedió a contraer matrimonio para proporcionarle un hogar estable a su pequeña pupila.
Cuando el deseo prendió entre ellos, Peyton comenzó a soñar con un futuro al lado de Galen. Pero, ¿qué ocurriría cuando sus secretos salieran a la luz?

Bianca

**Ella tenía lo único que él deseaba:
un heredero para la familia Zavros**

UNA OFERTA INCITANTE

Emma Darcy

Las revistas del corazón solían dedicar muchas páginas al magnate griego Ari Zavros y a la larga lista de modelos con las que compartía su cama.

Tina Savalas no se parecía a las amigas habituales de Ari, pero aquella chica normal escondía el más escandaloso secreto: seis años atrás, había acabado embarazada después de una apasionada aventura con Ari .

Al conocer la noticia, Ari solo vio una solución: la inocente Tina sería perfecta para el papel de dulce esposa. Y, aparentemente, contraer matrimonio en la familia Zavros no era una decisión… era una orden.